お台場少年品川宿探検地図

お台場少年

～昭和35年、ボクの品川宿探検記～

文――田森庸介
絵――勝川克志

河出書房

もくじ

序　文……4
第一章「白い靴と白い犬」……5
第二章「朝日楼《ろう》の少女」……17
第三章「ナゾの工場」……33
第四章「恐怖の実験」……49
第五章「夜の富士登山」……64
第六章「真夏の夜の夢」……81
第七章「四号地の怪人」……94
第八章「幻の馬」……111
第九章「最後のクリスマス」……126
第十章「黒い川」……146

〈序文〉

昭和35年を顧みれば、世の中は今よりも貧しく、夜は暗く、物質的には決して恵まれているとは言えない時代でした。それでも、世には子供達があふれ、夜空を見上げれば天の川が輝いていて、確かに希望だけはあったのです。

なかなか明けないコロナ禍の中、巷《ちまた》に閉塞感漂う今日この頃ですが、こんな現代こそ当時をふり返り、わずかな希望だけを頼りに生き抜いていた人々の生活を知れば、きっと明日への勇気がわいてくるはずです。

ですので、より多くの人々にこれを読んでいただいて、世の中が少しでも元気を取り戻すことを願ってやみません。

田森庸介

第一章「白い靴と白い犬」

昭和35年の春だった。

チクタク♪チクタク♪チクタク♪

壁一面にかけられたたくさんの時計たちが、それぞれの時をきざんでいる。ほとんどがゼンマイ仕掛けの振り子で動く掛け時計だ。中にはふたつの重りで動く鳩時計もある。

ボクの家は時計屋で、壁にかかっている掛け時計は、みんな修理のために預かっているものだ。なにしろ掛け時計は時間の調整が難しいので、こうして預かって、しばらく様子を見なければならないんだ。

お客から預かった掛け時計は、いつも一階にある店の奥の部屋にかけていたけど、修理が増えてくると、この部屋の壁がいっぱいになってしまう。そんな時は廊下の壁にもかけるんだけど、それでも足りなくなると、二階に住むボクたち家族の部屋の壁までも、掛け時計でうまってしまうんだ。

そんなわが家だから、知らない人が来ると、掛け時計の多さにみんなビックリするんだ。

この間、家庭訪問に来た、担任の小杉先生だって、壁いっぱいの掛け時計を見て、目を白黒させていたよ。

それに、掛け時計の振り子の音がうるさいと思ったようで、これではボクが夜も眠れないじゃないかって、心配してくれたんだ。

でも、そんな心配はいらないよ。だって、ボクは生まれた時から振り子の音に囲まれて育ってきたんだ。だから、ボクにとってはこの騒音も子守歌みたいなもので、振り子の音がなかったら、静かすぎて不安になるくらいだよ。

ボクの家は旧東海道沿いの北品川商店街で「玉晶堂《ぎょくしょうどう》」という時計屋をやっている。でも、もちろん時計だけを売っているわけじゃないよ。他の時計屋と同じ様に、時計のほかにメガネと貴金属も扱っているんだ。

なんでこの三種類の商品を売っているかというと、お父さんの話では、時計屋というのはもともと質屋が始めた商売だからなんだって。なんでも、よく質に入る貴重品の代表格がこの三種だったそうだよ。

それが本当かどうかは知らないけれど、玉晶堂だって、もとは南馬場駅近くの質屋の店先を借りて商売を始めたんだ。それがうまくいって、この北品川に店を構えるようになったんだから、やっぱり質屋から始まったことには違いないね。

ところで、玉晶堂の一階は十五坪ほどの店の奥に四畳半の部屋と台所があって、この四

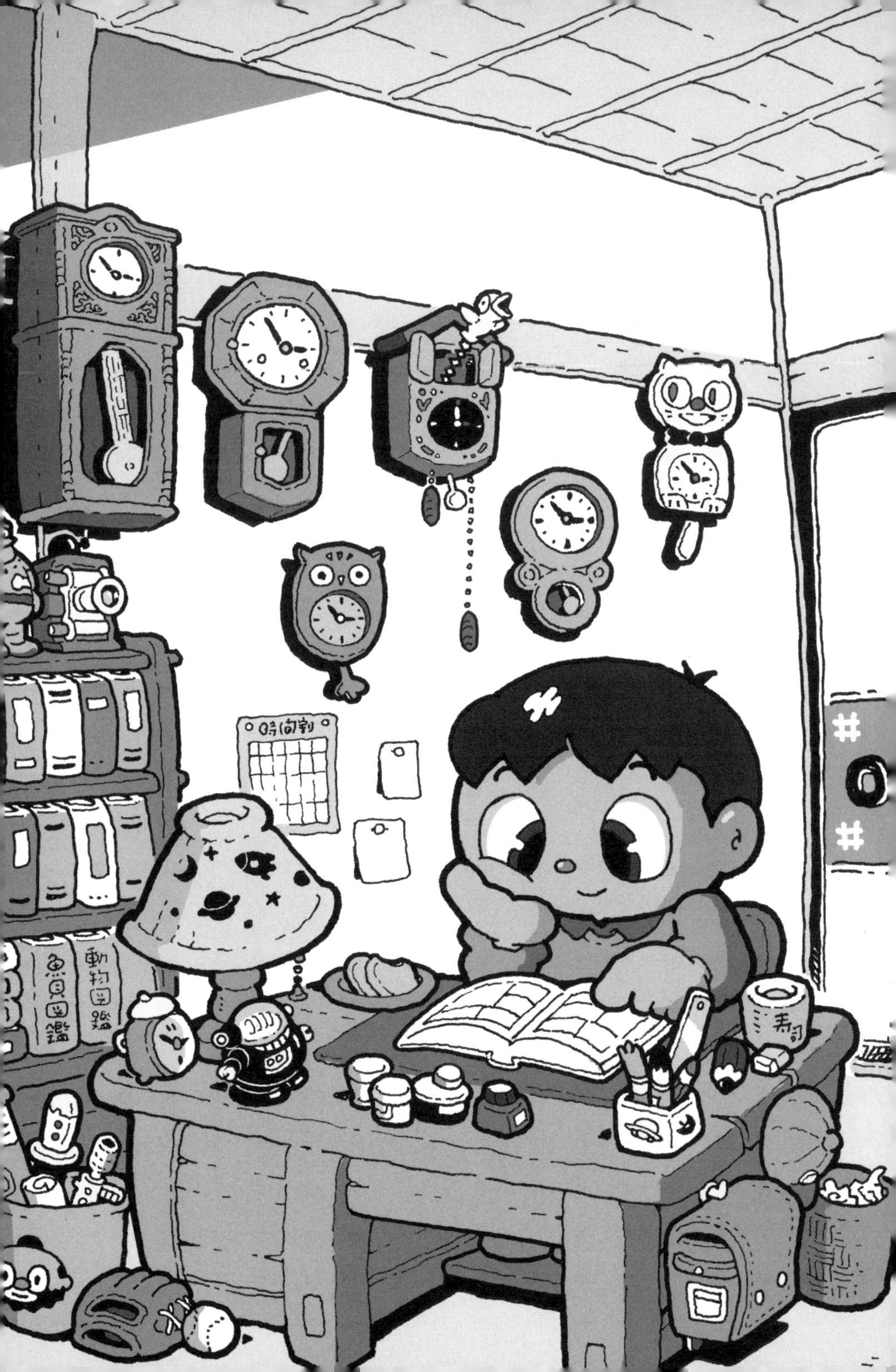
時間割
魚貝図鑑
動物図鑑

畳半は住み込み店員の寝室兼作業所になっている。ボクら家族の部屋は、台所横のトイレの前にある階段を上った二階にあるけれど、食事はいつも、この四畳半に卓袱台《ちゃぶだい》を置いて、みんなで一緒にしているんだ。

その日は前の晩に寝付けなかったせいか、ボクはいつもより遅れて目をさました。前の日にお父さんが、新学期のお祝いに新しい運動靴を買ってくれたんだけど、その真新しい靴をはいて学校へ行くのがイヤで、なかなか眠れなかったんだ。

なぜイヤかって？　ボクの住んでいる下町の子供たちは、なかなか新しい靴は買ってもらえないので、みんな使い古しの汚れた靴を履いている。だから、その中で真っ白な靴を履いていたら目立つに決まっているし、それがなんだか恥ずかしかったんだ。

ボクが二階から下りていくと、もうすでに住み込みの店員たちは起きていて、店の掃除を始めていた。

「イサオ君、寝坊だね」

店員のシゲオさんが店から顔をのぞかせた。シゲオさんはお母さんの甥だ。ほかにふたり店員がいるけれど、みんなお父さんとお母さんの親戚なんだ。

「うん」

ボクはそっけなくこたえると、卓袱台《ちゃぶだい》の上にあった朝食を口に流し込んだ。白米に生卵と味噌汁という、いつもの朝食だ。

「じゃあ、行ってきます！」

ボクは黒いランドセルを背負うと、買ったばかりの白い運動靴をはいて、店の横にある勝手口のドアを開いた。

旧街道を北にまっすぐ進んで台場交番の角を右に曲がり、台場横町の坂を下って、その先の品海橋を渡れば、学校はもう目の前だ。いつもなら、その道を行くところだけれど、その日のボクは違った。

真新しい運動靴を履いているので、その日は人目を避けるように裏道を行くことにした。一つ目の路地を右に曲がり、裏の川沿いに北へ歩いて大正橋を渡り、猟師町の道を行くんだ。

大正橋は橋の真ん中が盛り上がった木製の太鼓橋で、普段から橋を渡る時、トントントン♪とまるで太鼓を叩くような音を立てるのが楽しかった。そこで、ボクは新しい運動靴でも試してみたが、どういうわけかズンズンズン♪と鈍い音がするだけで、ちょっと期待がはずれた。

猟師町はその名の通り、漁業を営む人たちが集まった町で、道の右手に並ぶ家々のすぐ裏には海が広がっていていた。だから、北にまっすぐのびる道を歩いていると、今でもほのかに潮の香りが漂ってくる。道幅はそれほど広くなく、家々の軒下には家庭から出た下水を流すドブが通っていて、その上を板で覆ってあった。

しかし、猫師町の道に入ってすぐに、ボクはいやな予感がした。道の向こうの軒下に白い犬が見えたからだ。

あれはスピッツにちがいない。ボクはこの犬が嫌いだ。小さいくせに気が強く、近寄る者にはだれかれかまわずキャンキャンとうるさく吠《ほ》える。しかも、相手が子供だと、牙をむいておどして来るし、それでこちらが逃げだすと、どこまでも追い回すんだ。

どうしよう？　ここで引き返したら学校に遅れてしまう。

そう思ってよく見たら、首からヒモが垂れ下がっているじゃないか。ヒモでつながれているなら安心だ。

そこでボクは、思い切ってスピッツのいる所と反対側の軒下を通り過ぎることにした。できるだけ離れるように、ドブ板の上を音を立てないようにゆっくりと歩いて行った。

そして、ちょうどスピッツのいる場所のそばにさしかかった時、気がついた。なんと、犬の首から垂れているヒモの先がどこにもつながっていなかったんだ。きっとどこかで飼われていたのが、ヒモを噛みちぎって逃げたんだろう。

ボクは急に怖くなって、身動きできなくなった。足がふるえて、全然前に進めない。

すると突然、そいつが甲高い声で吠えながら、飛びかかってきたんだ。

「キャン！　キャン！　キャン！」

思わずボクは後ろへ飛び退いた。とたんに、バキッ！　とドブ板が割れて、ドブに足が

船舶用品
TEL 012-3456
木林商店
そ

ハマってしまった。幸いドブは浅かったので足は何ともなかったけれど、おかげで新品の靴はヘドロで真っ黒になってしまった。

するとと、足に噛みつこうとしたスピッツがいきなり顔をひん曲げて、くるりと後ろを向いたんだ。きっとヘドロの臭いにビックリしたんだろう。さすがのスピッツも、しっぽを巻いてどこかに逃げて行ったよ。

スピッツはいなくなったけれど、買ったばかりの運動靴がすっかり汚れてしまった。こんなことなら裏道を来るんじゃなかった。後悔したけど、今さら悔やんでも仕方がない。

ボクは急いで家に帰ることにした。どこをどう走ったのか、記憶にないけれど、ともかく家に帰らなくちゃと思った。それで……気がついたら、もう店の前に来ていたんだ。

「あれ、イサオくん、どうしたの？」シゲオさんが不思議そうに尋ねた。

「あの、ドブにハマっちゃったんだ」ボクは半べそをかきながらこたえた。

「ああ、やっちゃったねぇ」足下をのぞき込んで、シゲオさんが笑った。

すぐに店の奥からお母さんがやってきて、ボクを勝手口に向かわせた。それから、汚れた靴を脱がせて足についたヘドロを水で洗い流すと、古い靴を取り出して、ボクに履かせた。

古い靴に履き替えると、ボクはなんだかホッとした。そして、気を取り直して、すぐに学校に出かけたんだ。

今度は古い靴を履いているので、もう人の目など気にならない。だから、いつもの道を走って行った。でも、もうだいぶ遅くなってしまったから、学校に遅刻するにちがいない。まったく今日はなんて日なんだろう。せっかく新品の靴を買ってもらったのに、それがイヤで裏道を行って、よりによってスピッツに出くわしたおかげでドブにはまって、ヘドロで真っ黒になってしまったばかりか、学校に遅刻するなんて、ツイてないったら、ありゃしない。

台場交番の角を右に曲がって、台場横町の坂を下る頃になると、ボクの頭の中は、遅刻の言い訳でいっぱいになっていた。

スピッツのせいで遅れたなんて信じてもらえるだろうか？　いや、もとはと言えば新品の靴のせいじゃないか？　でも、それじゃなおさら信じてもらえないぞ…。

台場横町の坂を下った先の品海橋を渡ると、ボクの通っている台場小学校が見えてくる。元は〈御殿山下台場〉というお台場の敷地に3年前に建ったばかりの、新しい小学校だ。品川初の鉄筋コンクリート造りで、関東大震災が来ても大丈夫というのが自慢の校舎だ。

学校に着くと、もう朝の全校朝礼も終わっていて、すでに授業が始まっていた。こりゃ、かなりの遅刻だ。廊下に立たされるだけで済むだろうか？　ボクは遅刻の罰を覚悟して、下駄箱で上履きに履き替えると、恐る恐る教室に向かった。

曲がりくねった廊下を歩いていくと、その先の壁に〈4年5組〉の表札が下がっている。その表札の下にたどり着くと、ボクは入り口の引き戸を開けた。

ガラガラガラッ！

そっと開けたつもりなのに、思いのほか大きな音がした。

一瞬クラスのみんなの視線がボクに集まった。黒板に何か書いていた小杉先生も、ボクに気がついて、驚いたような顔をした。そして、てっきり怒られるかと思ったら、意外なことを言ったんだ。

「ああ、田守君の家は時計がいっぱいだったね」

そうだった。この間の家庭訪問でも、「これじゃ、どれが本当の時刻かわからないでしょうね」なんて、驚いていたっけ。

というわけで、先生は勝手に納得したようで、遅刻をとがめることもなく、廊下に立たされることもなかった。この時ばかりは、ボクは心底時計屋に生まれて良かったと思った。

ホッとして、席に向かったけれど、なにやら様子がおかしい。よく見ると、自分の机の隣の席に知らない女の子が座っているじゃないか！

「あっ、その子は今日転校してきた小原和子さんだよ」先生が言った。

「あの…」突然のことに、ボクは言葉を詰まらせた。まったく、今日はなんて日だろう。

すると、おかっぱ頭の女の子が頬を赤らませて微笑んだ。

「うふっ。よろしぐね」

思わずボクの胸は高鳴った。

チクタク♪チクタク♪


〈お台場少年解説1〉

① なぜ「猟師町」と書くのか？

海の近くにあって、魚を獲る漁師が住んでいる町だから「漁師町」と書くと思われがちですが、「猟師町」が正しいです。なぜ「漁師」でなく「猟師」と書くのかというと、昔の漁師は魚だけでなく獣も獲っていたからだとまことしやかに言われています。実は「猟師」と「漁師」に区別されるようになったのは明治時代からで、江戸時代まではどちらも「猟師」が使われていました。

徳川家康が関東に入国した当初はまだ江戸の漁業が盛んでなかったため、関西から漁師を呼んで佃島に住まわせ、猟師町が作られました。南品川猟師町は1655～57年頃、朝鮮通信使来訪を契機として、南品川三丁目付近から目黒川河口の洲崎に移転させられて成立しています。徳川幕府は江戸湾（東京湾）内で船を出して漁のできる村を「猟師町」として認定し特権を与えました。そこから「猟師町」と通称されるようになったと考えられます。その中でも江戸城に近い八ケ浦を「御菜八ケ浦」として江戸城に旬の魚を献上させました。南品川猟師町は、その元締めに指名され重要な役割を果たしていました。

②スピッツって、どんな犬？

この物語に登場するのは日本スピッツで、当時家庭で最もよく飼われていた、白い中型犬です。黒い大きな目に、ピンと立った三角形の耳と、尖った口先が特徴で、1920年代にジャーマン・スピッツなど、いくつかの白いスピッツ系の犬を交配して作られたと言われています。

飼い主には従順ですが、警戒心が強く、神経質でキャンキャンほえるうるさい犬という悪いイメージが広まると次第に飼われなくなって、現在ではほとんど見かけなくなりました。

悪い印象の残る日本スピッツですが、今では性格が改良されて、あまりほえなくなったそうです。

③なぜ「お台場」と呼ぶのか？

お台場とは黒船から江戸を守るために造られた、大砲を置く「砲台場」のことですが、幕府を敬う意味から「御」をつけて「御台場《おんだいば》」と呼ばれたことから「お台場」と呼ばれるようになりました。

ちなみに、品川区立台場小学校は、「御殿山下砲台場」のあった場所の南半分に建てられていますが、この台場だけ陸続きの場所にありました。「御殿山下砲台場」は六稜形をしていて、台場小学校と周辺の地域を取り囲む道路の形に、現在もその名残があります。（注：お台場全体で155門の大砲の設置が進められ、そのうち「御殿山下砲台場」には30門の設置が進められました。その後の増備などもあり、全体で260門設置との文書も残っています。）

また、校門のそばにある灯台は、御殿山下砲台場にあったものではなく、第2台場にあった明治3年設置の品川灯台の縮小複製で、本物は愛知県の明治村に移築されて日本最古の近代灯台として現存しています。

第二章「朝日楼《ろう》の少女」

隣の席に転校してきた小原和子だけど、クラスの女子たちとは雰囲気が違っているんだ。雪のように真っ白な肌に、ほんのり赤く染まった頬、海苔のように真っ黒なおかっぱ頭といい、まるで日本人形のようだ。それに、だれとも話そうとしないで、休み時間も、ただだまって座っているだけなんだ。

それで、教室のだれかが、まるで座敷童子のようだなんて言い出した。座敷童子というのは東北地方の古い民家にでるという、子供の妖怪なのだそうだけど、ボクもなんとなく納得してしまった。

ぼくらの間では、友達の名前を呼ぶ時に、名字か名前に「ちゃん」をつけて呼ぶのが普通だ。だから愛称で呼ぶことは、よほどの人気者でない限り、めったにないことなんだ。

彼女が「ワラシ」と呼ばれてどう思っているのかは、なにしろ本人が何も言わないのでよくわからない。でも、そう呼ばれても何も文句を言わないということは、本人もまんざらでないと思っているのかもしれない。それで、いつの間にか小原和子はみんなから「ワラシ」と呼ばれるようになったんだ。

小学校の教室では、横長の机に二人一組で座っていた。そんな肘がぶつかりそうな隣の女子が気にならないわけがない。だけど、ボクはあえて自分から話しかけようとはしなかった。

だって、下手に女子に話しかけようものなら、すぐ黒板に二人の名前が並んだ相合い傘をラクガキされるに決まっている。

それにワラシの方も、相変わらず誰とも話そうとはしなかった。それで、結局ボクらはその日、一度も話すことはなかったんだ。

ところが学校からの帰り道、いつものように台場横町の坂を上っていると、後ろからペタ♪ペタ♪と足音が聞こえてきた。なんだろうと後ろを振り向くと、ワラシだった。靴が足に合わないのか、まるでスリッパのような音を立てている。

台場交番を左に曲がっても、まだ足音が続いた。しかも、いつまでたっても足音が聞こえる。まるでボクの後をつけているかのようだ。

そう思うと急にボクは怖くなって、歩く足を速めた。まるで競歩のような早足で歩いていると、さすがに足音は遠のいてゆき、聖跡公園の入り口あたりまで来ると、まったく聞こえなくなった。

ようやく家にたどり着いてホッとしたけど、店の横にある勝手口のドアに手をかけた時、

再びあの足音が聞こえてきたんだ。ギョッとして、表通りの方を見てみると、おかっぱ頭の後ろ姿が目に入った。

なんと、商店街の通りを挟んだ真向かいにある、古い屋敷に入って行くじゃないか！

思わず、ボクは固まった。

ボクの家の真向かいに、商店街には似つかわしくない屋敷がそびえていた。木造三階建てのその屋敷は、元は「朝日楼《ろう》」という貸座敷だったそうだ。「貸座敷」って、座敷を貸す所かと思ったら、シゲオさんの話では、女の人が大勢いて、お客をもてなす場所なんだって。でも、とにかく不思議な形をした建物なんだ。

本来の形は知らないけれど、なぜか、正面玄関の左側だけ一階部分が前に突き出ていて、そこはスポーツ品店をやっていた。右側の前には小さな一軒家が別に建っていたけど、そこはまだ空き家だった。建物の左側にある狭い路地を奥に進むと、右側に立派な裏門があり、その裏門をくぐると広い中庭があって、それを取り囲むように建物が建っていた。

正面玄関の引き戸は、日中はいつも開かれたままになっていたけど、中は真っ暗で、まるで口を大きく広げて、獲物が来るのを待ち受けているかのようなんだ。それがなにしろ不気味で、近所の子供たちは、あえてこの建物に近づこうとはしなかった。

それでも、二階部分に並んだ窓には時々衣服が干してあったし、夜になると明かりも灯ったので、誰かが住んでいるだろうということはわかっていた。だけど、三階部分の窓はど

れも固く閉ざされていて明かりが灯ることもなかった。

そんなことから、いつしかこの屋敷の三階に、昔この貸座敷で死んだ女の幽霊が住みついているという噂が流れるようになった。そして、夕刻になると時折、下を通る子供をもの惜しげに窓から覗《のぞ》いているという、まことしやかな目撃談まで出て、付近の子供たちを大いに震え上がらせていたんだ。

それにしても、隣の席にやってきたワラシの家が、よりによってボクの真向かいだったとは驚きだ。いや、これは偶然なんかじゃない。もしかしたら、ワラシの正体は、あの屋敷にでる幽霊の娘じゃないかと変な想像をして、ボクは思わず震え上がった。

こうしておかしな想像が膨らんでいく一方で、相変わらず口を閉ざしているワラシのことも気になってきた。

確か、最初に会ったとき、「よろしくね」と言っていたから、話せないわけではないだろう。でも、このまま話さないでいたら、ますます妖怪みたいに思われてしまうに違いない。

それで、次の日ボクは思いきってきいてみたんだ。

「ワラシ、なんで誰とも話そうとしないんだ?」

すると、ワラシがうつむきながら、絞り出すような声で言ったんだ。

「んだども、わだし訛ってるだべ?」

ボクはハッとした。そうか。それで、話さなかったんだ。

「でも、話さなきゃだめだよ。話していれば、自然となおると思うよ」

自分でも不思議なくらい、スラスラと言った。でも、しまったと思った。こりゃ、間違いなく相合い傘を描かれてしまうだろうな。

案の定、次の日学校に行くと、黒板にボクとワラシの相合い傘が描かれていた。でも、意外とボクは平気だった。だって、それからワラシはクラスの女子たちと少しずつ話すようになったんだ。

おかげで、女子たちの噂話から、ワラシのことがだんだんわかってきた。それによると、ワラシは岩手からお父さんとふたりだけで東京に来たらしく、ワラシのお母さんは、小さい頃に病気で亡くなったんだそうだ。

ワラシの意外な身の上がわかってきて、ボクも彼女にはとっても同情した。でもやっぱり、相変わらずワラシにはあまり話しかけなかったんだ。それはきっと、ワラシがあの屋敷に住んでいたせいかもしれないし、正直それほどまでに、ボクはあの屋敷が怖かったんだ。

ところが、何週間かすぎた頃、突然ワラシが学校を休み始めたんだ。1日、2日がすぎて、もう一週間も学校に来ていない。これには、さすがにボクも思い悩んだ。転校して来たばかりで友達もいなく寂しかっただろうに、勝手な思いこみから、隣のボクが話しかけないものだから、学校がイヤになってしまったのかもしれない？　そう思うと、どうにも責任を感じてしまうんだ。

するとホームルームの時間、先生が遠足のガリ版刷りを配りながら、急にボクの名前を呼んだ。

「田守クンは小原さんの家の近くだったね？」

「近くっていうか、すぐ前の家です」

「そうか。じゃあ、これを小原さんに届けてくれないか？」ガリ版刷りを茶色の封筒に入れながら、先生が言った。「小原さんは風邪を引いて寝込んでいるそうなんだ」

「はい…」

ああ、風邪なんだと、ワラシが学校を休んだ原因が自分でないことにホッとしたせいか、ボクは思わず気がゆるんでそう返事した。だけども、先生から封筒を受け取って、すぐにボクはしまったと思った。この封筒をワラシに届けに行くということは、あの屋敷にはいらなければならないじゃないか。

封筒を見ると、表に小さく鉛筆でワラシの住所と部屋番号が走り書きしてあった。確かに例の屋敷の住所だけど、部屋番号が書いてあるから、アパートになっているらしい。

その日の放課後、封筒をにぎりしめながら下校するボクの足取りは、いつになく重かった。普段なら、家が近づくにしたがって足取りも軽くなるのに、今日ばかりはどんどん重くなっていく。そして、屋敷の前まで来ると、足が完全に止まった。さあ、どうしよう？

しばらく玄関の前で立ち止まっていると、向かいの玉晶堂から店員のシゲオさんが声をかけてきた。

「イサオくん、そんなところで何してるんだい?」

そうだった。ここに立っていたら、店から丸見えなんだっけ。

ボクは急に気まずくなって、何も言わずに玄関をくぐった。

中にはいると、天井にわずかな電灯があるだけで、相変わらず薄暗かった。正面には段差があって、それを上がった板の間の右側に大きな階段があった。正面には奥へと続く廊下があり、廊下の右側には障子戸が並んでいて、左側の手前には中庭を望む窓と流しのような物があった。

玄関の右手に下駄箱があったので、ボクが段差の所で靴を脱ごうと座っていると、ちょうど後から、男の人が入ってきた。そして、なんと土足のまま板の間に上がり込み、そのままドタドタと階段を上っていったじゃないか。

てっきり靴を脱ぐのかと思ったら、土足のままで上がって良いんだ。

そう思ったボクは、男の人にならって、土足のまま板の間に上ることにした。封筒を見ると、「二〇六」と書いてあるので、ワラシの部屋は二階らしい。

そこで、男の人の後を追うように階段を上り始めたけれど、かなり古い作りらしく、階段を一段踏むごとにギシッ! ギシッ! と板がしなって、ちょっと怖かった。階段を上っ

二〇六

ていくと、途中に踊り場があって、そこから二またに分かれていた。

なんとか二階にたどり着くと、右と左の前後に廊下がのびていて、なんだか迷路みたいだった。階段はまだ上へと続いていたけれど、ともかくワラシの部屋を探そう。

それにしても、それぞれの部屋の入り口が障子戸というのは、どういうことだろう？　貸座敷だった時の名残なんだろうけど、これじゃ部屋に鍵をかけることもできないどころか、簡単にあけられちゃうじゃないか。普通のアパートを想像していたので、これには本当に驚いた。

ようやく「二〇六」の部屋を見つけると、障子戸の前にワラシの赤い運動靴がふたつ並んでいた。ここで間違いない。

でも、いざ名前を呼ぼうとしたところで、ちょっと戸惑ってしまった。教室で同じ机に座っているのに、なにしろ今まで一度も名前で呼んだことがなかったんだ。

ふつうに「小原さん」と呼んでも、「和子ちゃん」と呼んでも、なんか変だ。それで、思わず「ワラシちゃん！」と呼んでしまった。

ちょっと間があって、障子越しにガラガラと変な笑い声が聞こえてきた。まるでお婆さんみたいなシワガレ声だ。それも、不気味に響きわたる大声だった。

すると、部屋の中に明かりが灯って、障子に人影が映し出された。

でも、なんだかおかしい。顔が異様に大きいんだ。

「ひぇ〜〜っ！」

ボクは思わず悲鳴を上げた。そして封筒を放り投げると、そのまま一目散に逃げ出した。

廊下を走り抜け、飛ぶように階段を降りて、玄関の外に出た。正面を見ると、通りの向こうの店先で、シゲオさんがこっちを見て笑っていた。

夕焼け空がまぶしかった。ともかく、暗い地獄の底から生きて帰ってきたようで、ホッとした。

すると、背後から再び笑い声が聞こえてきた。ワラシの声かと思って見上げると、三階の窓に人影が見えた。

「ひぇえ〜〜っ！」

そんなことがあってから数日後、久しぶりにワラシが学校にやってきた。なんでも「おたふく風邪」にかかっていたそうだ。

ボクは勇気を出して、あの不気味な声や障子に映った影のことをワラシに尋ねてみた。

すると、ワラシは「風邪でシワガレ声になってでだし、顔に氷嚢《ひょうのう》を当てでだがら、大ぎぐ見えだのでゃーねぁーだべが」と言って、ケラケラ笑った。

「それじゃあ、三階の窓に見えた人影はいったいだれなんだい？」

ボクがきくと、リラシが首を傾げた。

「変だべ。あそごは大塚製作所の社宅だげど、人は二階までしか住んでいねぁーし、三階はガラガラで誰もいねぇーよ」

「で、でも、確かに見たんだ！」

ボクがムキになると、ワラシが何を思ったのか、急に表情を変えた。

「もしかしたら、幽霊がもしれねぇーね」

「そ、そうだろ？　ボクもそう思うんだ」

「んだ、きっとそうだべ。そうに違いねぇー」

ワラシの顔は、怖がっているというよりは、喜んでいるようだった。

「おい、幽霊だぞ」ボクは戸惑った。「なにがそんなに、嬉しいんだ？」

「だって…」ワラシがニッコリ笑った。「病気のわだしを、母っちゃんが見守ってぐれだんだべ」

「えっ……？」ボクは目を丸くしたまま、それ以上何も言えなかった。

ワラシはやっぱり、幽霊の娘だったんだ。


〈お台場少年解説2〉

④「貸座敷」って、なに？

江戸では吉原に、障壁や堀で囲われた区画に遊女屋を集めた、幕府公認の「遊廓」がありました。品川などの宿場町には、置ける人数に制限があったものの、幕府公認の飯盛女（公式文書では食売女）

を旅籠に置くことができました。そのため、飯盛女を置くことのできた旅籠を飯盛旅籠、飯盛女のいない旅籠を平旅籠と言うこともあります。品川宿の飯盛女は、吉原の遊女と比較されるほど隆盛を極めていました。そのため、吉原の北国にたいして、品川は南国と呼ばれることもありました。

その後、明治時代に娼妓解放令（１８７２年）が発令されると、飯盛旅籠は「貸座敷」と名を変えて存続し続けました。明治初期の品川の旧街道沿いには70軒の貸座敷がありましたが、昭和の初めには40軒程に減少していました。昭和21年には貸座敷の制度がなくなり、一部が形を変えて存続していました。その後に実施された公娼廃止指令（１９４６年）や後の売春防止法（１９５８年）によって、その姿を完全に消しました。

なお、文中では「貸座敷」と書いていますが、当時の人は普通に「遊郭」と呼んでいたように思います。

⑤品川宿とは、どんな宿？

品川宿は、五街道の一つ東海道の第一番目の宿駅で、親宿、首駅と言われることもありました。また、江戸日本橋を起点とする日光・奥州街道の「千住宿」、中山道の「板橋宿」、甲州街道の「内藤新宿」と東海道の「品川宿」で江戸四宿とも呼ばれていました。

品川宿は、現在の八ッ山橋付近から法禅寺辺りまでの「歩行新宿」、そこから目黒川までの「北品川本宿」、目黒川から長徳寺辺りまでの「南品川本宿」と、さらに南の妙国寺、品川寺、海晏寺の門前町で構成され大井村境まで続いていました。

品川宿は中世から品川湊を中心として町に発展していました。東海道の宿場になると、大名行列や参詣客などの旅人が増えるにしたがって、茶屋や飯盛旅籠も増え宿場町として大いに発展しました。ところが、幕府御用や大名への人馬提供、休息、宿泊に対しては無償や規定料金が決められていて宿場運営に支障をきたすこともありました。それを補填するために、より収益のあがる飯盛旅籠の経営が必要とされました。

明治になって、鉄道が開通し、宿駅制度が廃止されると宿場町としては衰退しました。それでも戦前までは歩行新宿、北品川では貸座敷が盛況でした。戦後、元貸座敷の多くは社員寮やアパートに姿を変えました。この物語に登場する「朝日楼《ろう》」もそのひとつです。

第三章「ナゾの工場」

ガラガラガラ！

煉瓦作りの建物から隣の建物へ、湾曲した渡り廊下を轟音が響いてゆく。いったい何だろうか？

「へへっ、あれは棺桶《かんおけ》だよ」ケン坊が不気味に笑った。

家の裏にある長屋に「ケン坊」という、ボクよりも二つ年長の子がいた。本名は知らないけれど、とにかくみんなから「ケン坊」と呼ばれていた。ボクらの間では、親しい友達はたいがい「ちゃん」をつけて呼ぶのが普通だけれど、一目置く相手には「さん」をつけて呼んだ。なのに「坊」をつけて呼ぶのは、ちょっとバカにしているみたいだ。それとも、いつも坊主頭だからかな？ でもやっぱり、自分より年長なのに「ケン坊」と呼び捨てにするのはあんまりだから、ボクは面と向かっては「ケンちゃん」と呼んでいたんだ。

とにかく、そのケン坊だけど、近所にまつわる様々な怪奇話にはやたら詳しいんだ。法禅寺の墓に火柱が立つ話や、南馬場の投げ込み寺の話。荏川橋の畔の家に按摩《あんま》のお化けがでる話。どこかは知らないけれど、お稲荷さんのある路地を通ると狐に憑《つ》かれる話。もちろん、あの朝日楼《ろう》の幽霊話もケン坊からきいたんだ。

このあたりは昔の品川宿だから、遊女屋もたくさんあって、夜の仕事をする女の人が多く住んでいたんだそうだ。どういう意味かはよくわからないけれど、とにかく、そういう土地柄だから色恋沙汰や陰湿な事件も多くて、そこから自然と怪談や妖怪話が囁かれるようになったらしい。

そうでなくとも、このあたりは神社仏閣がやたら多いし、鈴ヶ森処刑場にも近いから、街を歩けば、お化けが出てきそうな路地やいわくのありそうな建物がいっぱいあるんだ。

そんな建物のひとつが、ボクの家の裏にあるナゾの工場だった。その工場は煉瓦作りの二棟の建物で、その間には渡り廊下のようなものが渡してあって、時々一方の建物からもう一方に、ゴロゴロと何かが移動する音が聞こえてきた。

工場の周りには板塀がぐるりと張りめぐらされていて、中の様子はわからないけれど、時々鳴る轟音が恐怖をかき立てた。中でいったい何をしているんだろうか?

「あれは棺桶《かんおけ》が動く音だよ」

前々から疑問に思っていたけど、突然出たケン坊の言葉に、ボクはキモをつぶした。

「棺桶《かんおけ》って、何がはいってるんだい?」

「決まってるだろ、人間の死体さ」

「ええっ、ここ火葬場だったの？」ボクは声を震わせた。

「何言ってんだ」ケン坊が相変わらずニヤニヤしながら言った。「ここが火葬場であるわけがないだろ、煙突もないのに」

確かに、火葬場には煙突がつきものだ。

「じゃあ、いったい死体をどうするんだい？」

「へへへっ」ケン坊が勝ち誇ったように笑った。「死体を集めて、改造してるのさ」

ケン坊の「死体を改造する」という言葉がみょうにひっかかった。

「死体を改造する、ってどう改造するんだ？」

ボクが興味深そうにたずねると、ケン坊が得意満面の顔で言った。「それはだな、いろいろな死体の優秀な部品だけ集めて、最強の人造人間を組み立てるのさ」

「まるで、プラモデルみたいだね」

「おう、プラスチックの代わりに死体の部品を使うというわけさ」

そんなことをするのは、いったい誰なんだろうか？　まさかフランケンシュタイン博士みたいな人がいるんだろうか？

ケン坊にいくらきいても、「そんなこと知らないよ」と言うだけで、それ以上は話してくれなかった。

それで、半信半疑ながらも、この工場のことがボクは気になって仕方がなかったんだ。

それからしばらくして、さらわれた子供たちが、この工場で改造手術を受けているらしいという噂がたった。

親の言うことをきかない子供は、人さらいに捕まってサーカスに売られてしまうぞと、ボクらはいつも大人たちから聞かされていた。だから、この噂を聞いて、付近の子供たちは大いに震え上がった。

もちろん、この噂を流したのも、きっとケン坊に違いない。それでも、ナゾの工場のことが気になって仕方がないボクは、なんとか工場の中に入って、噂が本当か知りたくなった。

そこで、ボクはケン坊にきいたんだ。

「どうにかして、あの工場の中に入る方法はないかな？」

すると、意外な答えが返ってきた。

「目黒川にそって裏に回れば工場の入り口があるけど、入り口の扉はいつも開いているから、いつでも入れるさ。でも…」

「でも…なにさ？」

「入り口のそばに、古い銀杏の木が立っているんだけどさ…」

「その銀杏の木がどうしたんだい？」

「昔、その木で首吊り自殺した女の幽霊がでるそうだよ」

「えっ、また幽霊か！」

「そうさ、だけどこいつはタチが悪くてね。昔亡くした子供を取り戻したくて出てくるのさ。それで…」

「それで…？」

「ぼくらみたいな子供が銀杏の木に近づくと、いきなり現れて、あの世にさらって行ってしまうんだよ」

「ええっ⁉」ボクは思わず息をのんだ。

ナゾの工場も怖いけれど、こっちの幽霊の方がもっと怖いじゃないか！　だいたい、朝日楼《ろう》の幽霊を見てから、ボクは幽霊にはもうこりごりだった。

そんなわけで、裏の工場のナゾを解く意欲もすっかり消えてしまったんだ。

それから、やがて六月に入り、天王祭の日がやってきた。天王祭というのは、六月の六日から九日にかけて行われる地元のお祭りだけど、どういうわけか、品川神社の北ノ天王祭と荏原神社の南ノ天王祭のふたつに分かれていて、これらが同時に行われるんだ。

北ノ天王祭の見物は品川神社にある神輿を担いで神社前の急な階段を降りる「宮出し」と、神輿を神社に戻すために階段を上る「宮入り」だ。

そして、南ノ天王祭の見物はなんといっても神輿を担いだまま海に入る「海中渡御《かいちゅうとぎょ》」だ。

荏原神社を出たお神輿は、以前は旧東海道沿いに鮫洲境まで行って、海晏寺の前で海に

金魚すくい
おもちゃ・くじ
わた菓子
射的

入って、遠浅の海の中を洲崎まで進んで寄木神社の近くで陸に上がったそうだけど、この「海中渡御」から、南ノ天王祭は「河童祭り」とも呼ばれているんだ。

でも、ボクたちのお目当ては昼の祭りの方ではなくて、もっぱら夜に開かれる露店や屋台の列の方だった。

金魚すくいに飴細工、お面に風車、綿菓子、水飴といった定番もあれば、雑誌の付録ばかり売っている店や、いかがわしい「透視メガネ」なんてものを売る店もあった。

そんな露店や屋台が品川神社から北馬場通りを街道までと、品川橋の畔から荏原神社の境内までの二カ所同時に並んで、荏原神社の境内には見せ物小屋まで建ったんだ。

この夜になると、あちこちから人々が集まり、旧街道沿いの商店街は大変な賑わいになった。そんな雑踏にもまれながら、ボクはふとナゾの工場のことを思い出した。

今夜なら人が多いから、幽霊も出ないかも？　行くなら今しかない。そう思い立って、ボクはいつしか品川橋の畔を荏原神社から東へと歩き始めた。

ケン坊の話では工場の入り口はいつでも開いているそうだから、もしかしたら中を覗《のぞ》けるかも知れない。

品川橋から目黒川沿いの道を東に下ると米屋があって、その先に北へ直角に曲がる支流がある。昔はこちらの方が本流だったそうだけど、その旧本流にそって道を左に曲がると、例の工場があった。

でも、道を曲がって、ボクはギョッとした。明るい商店街の雑踏や人混みが嘘のように、真っ暗な川沿いの道には人っ子一人いないんだ。

工場の入り口を見ると、ケン坊の言ったとおり、扉が開いたままになっていた。

それでボクが扉に近づこうとしたら、石のような物を踏んで思わず足を滑らせそうになった。何だと思って、手に取ってみたら、なんと氷の欠片だった。

六月のこの時期、道路の上に氷の欠片が落ちているなんて、なぜだろう？　ボクは不思議に思った。

ほとんどの家には冷蔵庫なんて無かったから、氷と言えば近所の氷屋で買うしかなかった。氷屋といってもかき氷の店じゃないよ。大きな氷のブロックをお客に切り売りする店のことで、そんな氷屋が玉晶堂の二軒隣にもあったんだ。

すると、氷が落ちていたって事は、もしかしたら、死体が腐らないように氷屋から買った氷で冷やしているんじゃないのか？　そう思って、ボクは急に怖くなった。

だけど、今は怯えている場合じゃない。工場の扉は開いたままだし、中に入れるチャンスじゃないか。急いで工場の中を覗《のぞ》いて、今まで気になっていたナゾを解くんだ。そう自分に言い聞かせたけれど、本当に棺桶《かんおけ》や氷詰めの死体があったらと思うと、足が震えてなかなか前に進めない。

それでも、どうにか勇気を振り絞って門のそばまで近づくと、入り口のかすかな電灯に照らされて、すぐそばに大きな銀杏の木が立っている事に気がついた。

思わずボクが立ち止まると、ふいに銀杏の木の後ろからぼんやりと白い人影が現れた。よく見ると、白い浴衣姿の女の人だった。

ひどくやつれた表情で、黒くて長い髪の毛を胸まで垂らしていた。そして、手招きしながら声をかけてきたんだ。

「ぼうや、おいで…」

「でも……あの……その…」

体を凍り付かせ、ただ震えるばかりのボクに、その女の人はニヤリと不気味に笑った。そして突然、ス〜ッと滑るように近づいてきたかと思うと、いきなりボクの手をつかんだんだ。ゾッとするほど冷たい手だった。まるで氷のような冷たさだ。

「そこにいないで、こっちへいらっしゃい…」

息もかかりそうなほど顔を近づけて、女の人が笑った。不思議なほど優しい笑顔だった。けれど、その目はまるで生気がないかのように曇っていた。それを見て、ふいに、ボクはさっき道に落ちていた氷の塊を思い出した。

次の瞬間、ボクの頭の中で、妄想がうずまいた。この冷たい手はホンモノだ。まるで、さっきまで棺桶《かんおけ》に氷詰めにされていたみたいじゃないか！　そして、ボクは確信したんだ。

そうだ！　きっと、工場で蘇ったばかりの死体に違いない。それが、外に出てきて、ボクも改造するように誘っているんだ！

「ひぇ〜〜〜っ！」

ボクは氷のような手を必死にふりほどくと、その場から一目散に逃げ出した。後ろでまた呼びかける声がしたけど、振り向かないで前だけを見て、明るい旧街道の雑踏目指して、ただひたすら走り続けた。

息せききって、ようやく通りの賑わいの中に戻ると、ボクはホッと胸をなで下ろした。そして、たった今見たこと聞いたことを思い出して、体を震わせた。

危ない、危ない…。もう少しで、ボクも改造されるところだったじゃないか。そんなことを考えながら、商店街を我が家に向かって歩いていると、二軒となりの氷屋の前でマキちゃんに呼び止められた。

マキちゃんというのは、氷屋の息子で小学校の同級生だ。青ざめた顔のボクが、ひとり震えながら歩いているのを見て、心配になったのだそうだ。

それで、ボクが裏のナゾの工場を覗《のぞ》きに行った話をすると、いきなりマキちゃんが笑い始めたんだ。

「裏の工場は、そんな怖い工場なんかじゃないよ。〈日本冷蔵〉っていう会社の製氷工場なんだ。うちでも氷を仕入れているから良く知っているけれど、あのガラガラという音は、できあがった氷を運搬するために、別の棟に氷を滑らせている音なんだ」

マキちゃんの話を聞いて、ボクは唖然とした。氷屋のマキちゃんなら知っていて当たり前だけど、氷を作る工場だったなんて！　それなら、氷が落ちていても不思議じゃない。まったく、勝手に想像を膨らませていた自分がバカみたいだ。

それにしても、ケン坊の言うことは、まったく当てにならないな。だから、みんなから「ケン坊」って呼び捨てにされるんだよ。

あの女の人だって、幽霊でも死体でもないに決まっているよ。でも、幽霊でも死体でもないなら、いったいだれなんだろうか？

なんで、あんなところにいたんだろう？　まるで、暗がりに隠れて、ボクが行くのを待ち構えていたみたいじゃないか。

もしかしたら、ホントは人さらいだったのかも？　そんな疑問が残って、ボクはしばらくのあいだ、裏の工場には近づかないようにしていた。

けれども数日後、学校から帰ってくると、勝手口横にある路地の奥にケン坊がいて、しきりに工場の板塀の向こうを覗《のぞ》き込んでいるじゃないか。

もしかしたら、まだ死体があると信じているんじゃないだろうか？　そう思ったボクは、この間のこともあるし、ひと言文句を言ってやろうと、ケン坊に近づいて行った。

路地の奥まで行くと、板塀の左端に狭い抜け道があることに気がついた。（なんだ、わざわざ、川沿いの道を行かなくても、この抜け道を行けば裏の工場に行けるじゃないか…）

そのことに気がつくと、余計腹が立って来た。

「ケンちゃん！　いくら覗《のぞ》いても死体なんかないよ。あそこは氷を作っている工場なんだ」

強い口調でボクがそう言っても、ケン坊はぜんぜん悪びれもしないで、逆に言い返してきた。

「いや、それは見せかけだよ。みんな知らないけれど、本当は死体を改造する…」

「ケン坊、いいかげんにしなさい！」

突然後ろの家の玄関が開いて、女の人が出てきた。その顔を見て、ボクは思わずのけぞった。

「うわっ！」

驚いたのなんのって、あの晩、ボクをさらおうとした女の人じゃないか。昼間のせいか、よく見ると、きれいな顔立ちだ。だけど、目つきだけがちょっと変で、手には白い杖も持っていた。

「静江姉ちゃん、出かけるのかい？」ケン坊が神妙な顔つきで言った。「あれ？　この人、ケンちゃんのお姉さんなのかい？」

するとふいに女の人が前屈みになって、息がかかるほど顔を寄せてきた。

「弟は、いつも夢みたいなことを言う癖があるの。真に受けないでちょうだいね」そして、あの時と同じ優しい笑顔で言ったんだ。

祭

「この前の晩、銀杏の木の下で涼んでいたら、あなたが来たので注意したのよ。あそこの道には氷の欠片が落ちていて危険だからね、ぼうや」

〈お台場少年解説3〉

⑥「天王祭」って、どんなお祭り？

品川では品川神社と荏原神社でふたつの天王祭が同時期に行われます。天王とは、牛頭天王《ごずてんのう》（スサノオまたは須佐之男命）のことで、祇園精舎の守護神であるスサノオは水の神様でもあります。

品川神社の例大祭は「北ノ天王祭」と呼ばれ、現在は、徳川家康が関ケ原の戦いの戦勝祈願成就のお礼に奉納した「天下一嘗《てんかひとなめ》の面《めん》」を屋根につけた宮神輿を担いで町内を渡御します。

例大祭の最大の呼び物は、最終日の早朝に神社前の急こう配の階段を宮神輿が下る宮出しと夕刻に階段を上る宮入りとなっています。

宝物殿に保管されている３００人の担ぎ手が必要な四八〇貫の大神輿は、現在、天皇家に慶事がある年にのみ国道を遮断して渡御され、大賑わいとなります。

一方、荏原神社の例大祭は「南ノ天王祭」と呼ばれます。江戸時代、番匠面（埼玉県三郷市）の村人が洲崎付近を舟で通った時、海を漂う不思議なお面を拾いました。金色に輝くそのお面は牛頭天王に似ていたので、貴布祢社（荏原神社）に奉納しました。

すると、ある夜神主の夢枕に神様が現れて、海から拾ったお面を年に一度は海にもどすようにと告げました。それから、神輿の屋根にお面をつけて年に一度海を渡る、御神面神輿海中渡御《ごしんめんみこしかいちゅうとぎょ》が行われるようになり、神輿の鳳凰には番匠面で獲れた稲穂をくわえさせ、豊作と豊漁を祈るのです。天王の面が拾われた場所はその後、「天王洲」と呼ばれるようになりました。これらについては別の言い伝えも残されています。

また、海を渡るその姿や、河童が牛頭天王の使いであることから、この祭は別名「河童祭り」とも呼ばれています。

⑦「見世物小屋」って、なに？

境内や公園などの空き地に小屋を建て、奇異な人や動物や芸を見せる興行のことを「見世物小屋」といいます。サーカスほど大がかりではなく、怪しげなところが特徴で、中には蛇を身体に巻き付けた「蛇女」や、大きな板に血糊を塗った「大イタチ」とか、大きな穴に子供が入った「大穴子」といった、ほとんど子供だましか、冗談のような見世物もありました。

⑧「氷屋」って、なに？

電気冷蔵庫が普及する昭和30年代以前の各家庭では、「氷箱」と呼ばれる、氷式冷蔵庫が使われていました。

氷箱は、中に断熱材に覆われた金属製の箱がある木製の入れ物で、上下ふたつの扉があって、上に氷を入れて冷やし、下に食品を入れて保存しました。

氷は近所の氷屋で購入しましたが、氷屋では、製氷所から仕入れた大きな氷のブロックを、のこぎりで切り分けて、量り売りをしていました。

夏の間は盛況な氷屋ですが、需要が減る冬の間は、氷の代わりに炭や石焼き芋なども売っていました。

第四章「恐怖の実験」

「じゃあ化学部を作ろうよ」

そう言って、クラさんが笑った。

四年生から学校で部活動が始まることになった。それまでボクらは放課後になるとすぐに下校して、家の周りで遊ぶだけの毎日だった。

下町の家にはテレビもほとんどないし、ニュースだってラジオや新聞で知るくらいだったから、ホントのところ、学校が終わるとボクらはヒマを持て余していたんだ。

もっとも、ボクの家は時計屋をやっていたくらいだから、ほかのみんなよりはちょっとだけ経済的な余裕があった。それで、絵画教室やお習字や音楽教室や勉強塾へと毎日通わされていたんだ。けれど、それでも空いた時間には外で自由に遊ぶことができた。

ところが部活動が始まると、ボクらは放課後からの数時間、校内に留まれるようになるんだ。先生の負担は大きくなるけれど、これは親にとっても、子供にとっても好都合だった。

台場小学校はできたばかりで、ボクたちが第一期生だったけど、実は二年生と三年生がほかの学校から編入してきていた。だから上級生はすでに部活動を始めていたけれど、学校にとっても部活動はまだ手探りの試みだった。そこで四年生になると、試しにどんな部活動がしたいか、生徒たちから、やりたい部活動を募っていたんだ。

すると、クラさんが勇んで手を挙げた。

「化学部をやりたいです」

「科学って、なにをやりたいんだね？」先生が興味深そうにたずねた。

「いえ、化学ですよ」クラさんが頭を振った。「理科室で実験をしたいんです」

それを聞いて、クラさんらしいなとボクは思った。

クラさんは、本名を「倉本一雄」というんだけど、大きな黒縁めがねをかけたその姿は、まさしく小さな博士か発明王のように見えた。

いつも、見たことのない科学記事の切り抜きを集めては、ひとり読みふけっているような、すごい科学マニアなんだ。彼の家に遊びに行った時なんか、部屋に何かの部品や電池がたくさん転がっていて、足の踏み場もなかったくらいだからね。

とにかく好奇心旺盛で、思いつくと、なんでも実験したがるんだ。ある時なんか、オシッコをフライパンで煮たらどうなるかっていう実験をして、ボクらをあきれさせたこともあったっけ。

そんなクラさんの性格を察してか、先生が渋っていると、ホリさんが手を挙げた。

ホリさんは本名を「堀口国夫」っていって、両親が学校の先生をしているんだけど、とにかく何でも知っていて、まるで歩く百科事典みたいなんだ。それに彼は、小学生なのに先生みたいにいつも落ち着いていて、先生からの信認も厚く、まるで生徒の鑑のような子なんだ。

「ぼくもやってみたいです」

ホリさんがそう言うならば、先生も反対できない。

「そうか、君が言うならいいだろう」

先生の許可があっさり降りた。それで…

「じゃあ、ぼくも入るよ」ふたりを追うように、ボクも手を挙げたんだ。

こうして、ボクたち三人だけで「化学部」が発足した。もちろん先生の監視の元という条件でだけど、おかげで放課後理科室を自由に使わせてもらえることになったんだ。

でも、何を実験するつもりだろうか？　二人の後についていっただけのボクにはまったく見当もつかなかった。

そして、最初の部活動の日がやって来た。ボクとホリさんが理科室で待っていると、少し遅れて、クラさんが電池と電線と小さな金属の板を組み合わせた、変な装置を持って現れた。

顔を見ると、鼻息も荒く、やる気満々な様子だ。

「で、今日は何を実験するつもりなの？」

ボクが尋ねると、鞄からノートを取りだしてクラさんが言った。

「今日は霧を作る実験をしようと思うんだ」

「へぇ、霧かい？」ボクは素っ頓狂な声をあげた。

化学部最初の実験だから、なにかすごい実験をするんだろうと思って期待していたのに、すっかり拍子抜けした。

「霧と言っても、普通の霧じゃないからね」クラさんがノートを開きながら言った。「詳しいことはここに書いてあるとおりさ」

ノートを見ると、何やらびっしりと書き込んであった。けれど、いくら見ても、ボクには何がなんだかよくわからない。

すると、クラさんがニヤリと笑って、ノートの内容を説明し始めた。

「まあ簡単に言えば、水を電気分解して霧を作るんだ。ほら、この図のように、水で満たしたビーカーに電極を入れて、電気を流すのさ」

「電気分解かい？」

ボクには電気分解の意味がわからなかったけれど、電気を使うことだけはわかった。それに、電気には何か魔法の力があるような気がしていたから、とても魅力的な実験のように聞こえた。

でも、さすが物知りのホリさんはわかったようだ。

「ふん、ノートにびっしり書いてあるわりに、やることは簡単じゃないか」ホリさんが鼻を鳴らして言った。

すると、黒縁のめがねの奥でクラさんの目がキラリと光った。

「でも、ちょっと危険なところもあるんだよ」

「き、危険なところって、どこがだい？」

いつも冷静なホリさんが、早口でたずねた。

「それは…たぶんだいじょうぶさ。ホント、だいじょうぶだから…」

なんか、奥歯に物が挟まったようなクラさんの話しぶりが気になったけれど、先生がいっしょに見てくれるのだから安心だろう。

それで、それ以上クラさんを問いつめるのはやめたんだ。

でも、先生がなかなかやって来ない。どうしたのか気になったけれど、とにかく準備だけはしておこうということになって、みんなで理科室の奥にある倉庫にむかった。

この倉庫は「理科準備室」とも言って、実験器具のほか、いろいろな薬品が置かれているけれど、中には危険な薬品もあるので、普段は入り口の扉に鍵がかかっていた。

ところが、今日は化学部の実験があるせいか、鍵はかかっていなかった。

そういえば、先生が「理科室を自由に使っていい」と言っていたっけ。（じゃあ、倉庫

の薬品も自由に使っていいんだ)

そう思ったボクたちは、まようことなく倉庫の中に入っていった。

倉庫の中には初めて入ったけれど、薬品の臭いがプンプンして、なんだか気分が悪くなりそうだった。それに、棚には薬品や器具のほかに、なにかの標本も置いてあって、なんだか知らないけれど、すごく不気味な形をしているんだ。それで、ボクは一刻も早くここから出たかった。

「おっ、これだ。これだ」

奥の棚に置いてあった薬ビンの列から、クラさんがひとつのビンを取り出した。

「うわっ、硫酸じゃないか!」

ガラスビンのラベルを見て、ホリさんが声をうわずらせた。

「危ないんじゃない?」ボクも声を震わせた。

「だいじょうぶだよ」クラさんがニヤリと笑った。「ちょっと使うだけだから平気さ」

「ホントウにだいじょうぶなの?」

ボクがあわてて尋ねたけれど、クラさんは何も言わずに、さっさと倉庫から出て行った。

ボクも気になったけれど、これ以上倉庫の中にはいたくないので、だまってクラさんの後を追った。

ともかく、これで実験を始められるようだ。

それにしても、先生がなかなか来ない。今日化学部の実験があることは知っているはずなのに、どうしたんだろう?

心配になって、ホリさんが職員室へ先生を呼びに行ったけれども、職員室にはだれもいなかったそうで、すぐ帰ってきた。

それでしかたなく、ボクたちだけで実験を始めることにしたんだ。もちろん、クラさんのノートに書いてある手順通りにだ。

まず水の入ったビーカーに電線を巻き付けた金属の板を二枚垂らして、それぞれの電線を、単一の電池が六個並んだ装置の＋と－の電極につなげた。これで準備完了だ。なんか、すごく簡単じゃないか。

そう思って、ボクが装置のスィッチを入れようとすると、クラさんが止めた。

「おっと、水に硫酸を入れなくちゃ」

「あっ、そうか。ここで使うのか」

硫酸なんて危険な薬品をどう使うのか不安だったけど、水に混ぜるだけなんだと、ちょっとホッとした。

「でも、どれくらい入れるんだい?」すかさず、ホリさんがたずねた。さすが、いつも冷静なホリさんだ。

「それが…よくはわからないけれど、ノートに希硫酸と書いてあるから、ほんの少しで良いと思うよ」

そう言って、クラさんが硫酸をビーカーに少し垂らした。

「よし、これでだいじょうぶだ」

クラさんのオーケーがでたので、さっそくボクがスィッチをいれた。

さて、本当にこれで霧が起こるんだろうか？　固唾を飲んで見守る三人だったけど……

1分経っても、2分経っても、何も起こらない。

「あれ、おかしいな」クラさんが首をひねった。「これで霧が出るはずなんだけどなあ。もしかしたら、量を間違えたのかもしれないな」

そう言って、クラさんが再び硫酸のビンを手に取った。

「ま、まさかまた入れるつもりかい？」ホリさんがあわてた。

けれども、実験に夢中のクラさんの耳には入らない。ホリさんが止める間もなく、硫酸をドボドボとビーカーに流し込んだ。

途端に水が泡立って、湯気が立ち上った。

「おっ、成功だ！」と、クラさんが小躍りした。

「でも、こりゃ霧じゃないよ！」ボクがのけぞった。

「そうだよ、危ないよ！」ホリさんも後ろに飛び退いた。

ビーカーを見ると、中の液体がグツグツとものすごい勢いで泡だって、あたりに水滴が飛び散っている。水滴がまわりの机や電池や電線の上に落ちて、次々と白い煙を立てているし、ビーカーからは湯煙がもうもうとたって、明らかに危険な状態だ。

ボクらは飛び散る水滴から逃れるように、机の陰に隠れるのが精一杯だった。すぐ横を見ると、クラさんが硫酸の瓶をつかんだまましゃがんでいた。

「うわっ、それ！」ボクが思わず声を上げると、クラさんが苦笑いした。

「置く場所がなかったんで、持って来ちゃったよ」

瓶のふたは閉まっていたけれど、ボクはこのときが一番怖かった。だって、硫酸がこんなに怖いものだなんて初めて知ったんだもの。

「どうするんだよ⁉」机の陰からホリさんがきいた。

「どうするって、静かになるまで待つしかないかな」クラさんが平然と答えた。

「え～っ、いつまでかかるんだ？」

ボクがあきれて聞き返した、その時だった。

ドカーン‼

突然ものすごい爆発音がして、机の上にあったモノが吹き飛ばされた。

しばらくして、机の陰から恐る恐る顔を出してみると、奇跡的にビーカーはなんともなかった。けれども、装置はバラバラに吹き飛ばされていたし、クラさんのノートも、開い

たページがすっかり黒こげになっていた。いったい何が起こったのだろうか?

クラさんを見ると、肩を震わせながら俯《うつむ》いていた。

そばに寄って顔を覗《のぞ》き込むと、てっきり実験の失敗を嘆いているのかと思ったら、ニヤニヤ笑っていたんだ。

「あれっ、どうしたの?」

ボクが尋ねると、意外な答えが返ってきた。

「せ、成功だ!」

「なにが成功だよ」ホリさんがため息をついた。

「ホントだよ。爆発したのに成功だなんて、おかしいよ」ボクも文句を言った。

でも、クラさんと来たら、ぜんぜん気にしないというそぶりで、ひとり満足げにうなずいているんだ。

それを見て、ボクとホリさんがあきれていると、突然理科室の扉が開いて、先生が現れた。

今までどこにいたかは知らないけれど、どうやら、爆発の音を聞いて駆けつけたようだ。

さすがの先生も、中の状態を見るなり、顔を真っ赤にして怒鳴った。

「君たち、何をしていたんです?」

「化学部の実験をしていたんです」クラさんが平然とこたえた。

すると、先生がクラさんが持っていた薬瓶に気づいて叫んだ。

「そ、それは硫酸じゃないですか！」

先生の顔が急に真っ青になった。生徒が勝手に倉庫から硫酸を持ち出して実験をしていたのだから、当たり前だ。それに倉庫には鍵がかかっていなかったし、そもそも監視役の先生が部活に遅れてきたのだから……。

というわけで、こってり叱られるだろうと思ったら、全然そんなこともなかった。先生は、クラさんの手から硫酸の瓶を奪うように受け取ると、後片付けはやっておくからと言って、ボクらをそのまま家に帰したんだ。ボクたちはなんだか狐につつまれたような気分だった。

帰り道、ボクはクラさんにもう一度きいてみた。

「それにしても、なんで成功なんだい？」

「そうだよ、ボクもそれがわからないなあ」

ホリさんも、ボクと一緒に首を傾げた。

すると、クラさんが自慢げに胸を張って──

「あの爆発は、きっと、飛び散った硫酸の水滴を浴びた電線か電池の漏電で、起こったんだと思うよ。つまり、漏電の火花で水素が爆発したのさ」そう言うと、満面の笑みを浮かべたんだ。

「ということは、水を水素と酸素にちゃんと電気分解できたということじゃないか。だから成功なんだよ」

クラさんはあの実験に満足していたようだけど、ボクとホリさんは疑問に思っていた。最初の実験で爆発まで起こすなんて、化学部はだいじょうぶだろうか？　ボクらは不安で仕方がなかった。

そして案の定、次の日に学校へ行ってみると、すでに化学部は廃部になっていた。そして、それからは理科室の倉庫の鍵は厳重にかけられるようになって、生徒が勝手に理科室に入ることも出来なくなったんだ。

化学部がなくなって、ボクらがどうしたかというと、ボクは美術部に入ったし、ホリさんは図書部に入ったんだ。でもクラさんだけは、相変わらず化学部の復活を先生に願い出ていたけれど、やっぱり認められなくて、仕方ないので、自分ひとりで〈科学部〉を作ったみたいだ。

で、たったひとりで何をしているのかと思ったら、よほど、あの実験の成功が嬉しかったらしくて、なんと水素の爆発する力で何かを動かす研究をしているのだそうだ。

それで、ボクがきいたんだ。

「いったい何を動かそうっていうんだい？」

すると、クラさんがニッコリ笑って言ったんだ。

「そうだね、まずは自動車かな？」

〈お台場少年解説4〉

⑨濃硫酸で、どうやって霧を発生させたの？

化学部を作った最初の実験で「濃硫酸」を使って霧を発生させる実験をして、実験が失敗したことや、それを先生に見つかって、その後理科室に出入り禁止になったことは紛れもない事実ですが、そもそもなんで濃硫酸を使ったのかが謎です。

実験の内容はクラさんに任せきりでしたし、クラさんに問い合わせても記憶がないそうなので、結局真相はわかりませんでした。というわけで、実際に物語のような実験が行われたかどうかは不明です。

推察するに、濃硫酸に銅片を入れ、加熱して二酸化硫黄（亜硫酸ガス）を発生させる実験や、濃硫酸と塩酸を混ぜたり食塩を加えて塩化水素を発生させる実験が有力です。もちろんこの時急激に加えたら加熱して危険ですし、誤って過マンガン酸カリウムなどを加えたら爆発を起こします。

いずれにせよ濃硫酸を使った実験は小学生には大変危険ですので、良い子は絶対にマネしないように！

第五章「夜の富士登山」

天王祭が終わると、もうじき夏が来る。裏の工場の事件から一ヶ月半も経つと、待ちに待った夏休みが始まった。

「今夜、隅田川の花火大会があるんだよ」

夏休みが始まった次の土曜日に、ホリさんが言った。

「わあ、花火かあ。でも、どこから見ようかな?」

ちょっと前までは品川からも隅田川の花火がよく見えたけれど、最近間にどんどんビルが建つようになって、少しずつ花火の下の方が見えにくくなっていた。

「やっぱり、御殿山からならよく見えるだろうね」ボクが思い出したように言った。

御殿山というのは、北品川の北西にある小高い丘で、その上に江戸幕府のお屋敷があったことから御殿山と呼ばれているんだ。ボクが住んでいる下町を見下ろすようにそびえている、まさに山の手というわけだ。

そういえば「ゴジラ」という映画で、品川埠頭から上陸したゴジラが八ツ山橋を壊して再び海に戻るまでを、山根博士たちも御殿山に登って見ていたっけ。御殿山の上からなら、きっと隅田川まで見渡せるに違いない。

するとホリさんが頭を振った。

「もっといい場所があるよ」

「ええっ？ そんな場所あるのかなあ」ボクが首を傾げた。「この辺に御殿山よりも高い場所なんてないよ」

「それが、あるんだな」ホリさんが北馬場の駅の方を指さした。

見ると、屋根の向こうに小さな山がそびえていた。

「あっ、あれは品川神社の…」

「富士山だよ」ホリさんがにっこり笑った。

北馬場駅の前にある品川神社には富士山がある。江戸時代には「富士講」という富士山信仰が盛んで、富士登山が流行っていた。だけど、さすがに誰でも富士山の頂上まで登れるわけではなかった。そこで、より多くの人々に御利益があるようにと、江戸のあちこちにミニチュアの富士塚を作って、その山頂から富士山を拝めば実際の富士山に登ったのと同じ御利益があるということにしたんだって。もちろん、これもホリさんから教えてもらったんだけどね。

品川神社は御殿山の南の端にある。境内は神社の入り口から急な階段を上っていった所にあるけれど、富士塚はその境内の横に、さらに6メートルもそびえている。だから、神社の下から頂上までの高低差は15メートルもあるんだ。まさに、都内では最大級の富士塚だ。

　さすがはホリさんだ。確かに富士山の上からなら、隅田川の花火も隅から隅までよく見えるに違いない。

　それで、早速富士山の山頂から花火を見ようということになった。もちろん夜に家を出ると親が心配するだろうから、お互いの家の夕飯に招かれたということにした。

　何しろ相手はホリさんだから、まったく疑われることもない。だから完璧な計画だとボクは思っていた。

　ところがその日の夕方、ボクが富士山に出かけようとすると、弟が自分も行くのだと言い出した。

　言い忘れたけど、ボクには二歳年下のヒトシという弟がいる。同じ台場小学校の二年生だが、弟には弟の友達がいるので、普段は一緒に遊ぶこともない。それがどういう風の吹き回しか、一緒に行くと言い出したので、ボクも驚いた。

「えっ、なんでヒトシも行くんだよ？　ホリさんの家だよ」

「だからぼくも呼ばれているんだ」

「でも、今日はホリさんの家で一緒に勉強するんだよ」

「え～っ？　富士山で花火を見るんじゃ…」

思わずボクは、両手で弟の口を塞いだ。お母さんが怪訝《けげん》な顔つきでこちらを見ているじゃないか。

「なんで知ってるんだよ？」

小声で問いただすと、ヒトシが口をとんがらせた。

「だって、陣屋横町で堀口さんに会った時、ヒトシ君も来るんだろうって、言ってたもん」

「えっ？　ホリさんがばらしたのか？　しかたないなあ」

ボクはあきらめて弟を連れていくことにした。

ところが、家を出て表通りに出ると、今度はワラシが待ち受けていた。

「な、なんだよ？」

顔を背けて通り過ぎようとすると、弟が言った。

「ワラシちゃんも花火を見に行くんだよ」

「えっ、ワラシも？」

「そうよ。ヒトシ君から聞いたのよ」ワラシがにこりと笑った。「品川神社の富士山に登るんでしょ？」

ボクは一瞬、おやっと思った。相変わらず学校ではあまり話さないので気がつかなかったけれど、だいぶノマリが取れているじゃないか。これも、弟と話していて覚えたんだろうか？

弟は小さい頃から、なぜか女の子と遊ぶことが多かった。男の子たちとメンコやベーゴマ遊びもしないで、近所の女の子たちとオママゴトなんかして遊んでいるんだ。

だから、自然と弟と一緒に遊ぶことが少なくなっていった。でも心の底では、女の子たちとすぐに仲良くなって自由に遊べる弟がうらやましくも思っていた。ともかく、そういう弟だから、ワラシと親しくなったのも頷《うなず》ける。

「ちぇっ、しかたないなあ」

そんなわけで、ワラシも加えて三人で品川神社へ行くことにした。

旧東海道を北に進み、陣屋横町の先の角を左に曲がって、北馬場通りを駅に向かった。そして、北馬場駅の前の第一京浜国道を渡ると、石造りの巨大な鳥居がそびえている。そこが品川神社の入り口だ。

その鳥居の前で、ホリさんと待ち合わせしていたのだけれど、行ってみると、ホリさんのほかにクラさんも待っていた。

「おもしろそうだから、ぼくも来たよ」クラさんがチョロッと舌を出した。

クラさんときたらリュックまで背負って、まるで本当の山でも登るかのような格好だ。

すると、ホリさんがボクたちの後ろに目をやった。「あれっ、キミもいっしょなのか？」

「そうよ、わたしも行くよ」ワラシが頷《うなず》いた。

「まあ、大勢いたほうが楽しいから、ぼくはかまわないよ。それより…」ホリさんが曇り空を見上げた。「雨が心配だなあ？」

するとすかさずクラさんが言った。

「だいじょうぶだよ。天気予報で、雨は降らないと言ってたから」

さすがクラさん、準備にぬかりがない。

「さあ登ろう！」ホリさんのかけ声で、ボクたちは歩き始めた。

昇り龍と下り龍が左右に彫られた双龍鳥居をくぐると、目の前に長い階段が上まで延びている。段差も結構あって、見た目にもかなり急な階段だ。天王祭の時は大人たちがここを御輿を担いで降りるんだから、改めて驚いてしまう。

ふいに弟のことが心配になって振り向くと、ヒトシは手すりにつかまって懸命に階段を上っていた。

「ヒトシ、だいじょうぶか？」

「だいじょうぶだもん。初詣の時だって上ったもの」

そうだった。今年の正月もこの階段を上って初詣をしたんだっけ。小学二年生だからと心配する事もなかった。

するとふいにホリさんが口を開いた。

「品川神社の裏に板垣退助の墓があるの、知ってる？」

「百円札に載っている人だろ！」クラさんがすっとんきょうな声を上げた。「へぇ、こんな所に墓があるんだ」

「でも、驚くのはまだ早いよ」ホリさんがしたり顔で続けた。「青物横丁の海晏寺には岩倉具視の墓があって、大井町には伊藤博文の墓もあるんだよ」

「えっ？　五百円札の人と、千円札の人の墓も品川にあるのか！」

ボクも思わず、驚きの声を上げた。

「ねっ、すごいだろ？　品川区民として、ちょっと自慢できない？」

そう言って、ホリさんは笑ったけど、ホリさんの物知りの方がよほどすごいと思うよ。

階段を28段上っていくと途中に踊り場があって、この左横に富士登山口がある。入り口にはちゃんと一合目の標識もあって、この調子で頂上まで順番に標識が立っているんだ。

それに、この品川富士の表面には本物の富士山から運んできた溶岩が積んであるので、まるで本当に富士登山をしているような気分になる。

特に六合目からは斜面が急なので、階段をはうようにして登らなくてはならなかった。

「よいしょ、よいしょ！」

ホリさんのかけ声とともに、みんな必死で登って行った。

「よいしょ、よいしょ！」

ボクも弟もワラシもクラさんも、みんなで一緒にかけ声を挙げて、登って行った。

そして、ようやく頂上にたどり着いた。ほんの数分間の登山だったけれど、なんだか達成感があった。なんといっても、頂上からの眺望が素晴らしいんだ。なにしろ大正時代には新東京八名所の一つに数えられたくらいに、有名な場所だからね。

どんよりとした曇り空がしだいに暗くなっていくなか、ボクたちは頂上からの眺めに、しばらく見入っていた。

はるか南の海岸には羽田空港の明かりが見えて、滑走路からおもちゃのような旅客機が飛び立っていく。正面には北馬場駅とそれを横切るように京浜急行が走っている。駅のそばにある娯楽館のネオンと、そこから海の方向にまっすぐにのびた光の帯は北馬場通り商店街の明かりだ。

そして、その向こうの埋め立て地には品川火力発電所の巨大な二本の煙突がそびえている。さらに海のはるか向こうには、房総半島の木更津あたりの明かりもよく見えた。

すると突然、北東の方角から火の玉が上がったかと思うと、パッと大きな花火が開き、少しして「ドーン！」と音が響いた。隅田川の花火大会が始まったのだ。

思わずボクらは「わぁ〜っ！」と歓声を上げた。

それから立て続けに花火が上がり、「ドーン！　ドーン！　ドーン！」と遠くの方で爆発音が鳴り響いた。

ホリさんの言ったとおり、ここからなら、あちこちから上がる花火の全景が見渡せる。

こんないい場所に、今まで誰も気がつかなかったなんて不思議なくらいだ。

そう思っていたら、おじさんがひとり登ってきた。おじさんは自分よりも先に子供たちがいたので驚いたようだ。

「おい、ぼうやたち、夜ここに登るのは危険だよ」おじさんが注意した。

「でも、ここなら花火がよく見えますよ」ホリさんが言った。

「そりゃ、確かにそうだな。ははははっ!」おじさんが笑った。「でも、帰りは気をつけるんだぞ」

ボクは変なことを言うなと思った。だって、下りの方が楽じゃないの?

と、突然夜空にパアッとひときわ大きな花火が開き、少し間をおいて「ドカァ〜ン!!」と、大きな音が鳴り響いた。

「あれは二尺玉だ」おじさんが興奮したように声を張りあげた。「タマヤー!」

それを合図に、花火が次々と花開き、ボクたちも一緒になって「タマヤ〜! カギヤ〜! タマヤ〜! カギヤ〜!」と、夢中になってかけ声をあげ続けた。

どれくらい時間が経っただろうか?

ドドドドドッと立て続けに花火が咲き乱れたかと思うと、突然パッと止んだ。どうやら花火大会が終わったようだ。

静けさが戻ると同時に、あたりが闇に包まれた。気がつくと、いつの間にかおじさんがいなくなっていた。どうやら先に山を下りて行ったようで、山頂にはボクたちだけになっていた。

さあ、帰ろうと思って、ボクはハッとした。

（しまった！　暗くて足下が見えないぞ！）

花火の明かりで気がつかなかったけれど、富士山にはどこにも照明がなかったのだ。しかも、あいにく今夜は曇り空で、星も見えなければ月も出ていない。

眼下に街の明かりが少しあるので、人影だけはなんとかわかったけれど、腰から下は完全に闇に包まれていた。山頂までの道のりは昼間でもちょっと危険なのに、足下も見えないでどうやって降りたらいいんだろう？

だからきっと、おじさんは花火が上がっている内に下山したんだ。ようやく、おじさんの言った意味がわかったけれど、もう遅い。

「どうしよう？」

ボクは頭をかかえた。このまま富士山の頂上で夜を明かさなければならないんだろうか？　いや、はうようにして、手探りで降りれば降りれないこともないんじゃないか？

そう思った矢先、パッと明かりがついて、クラさんの顔が暗闇に照らし出された。下から照らしているので、ちょっと不気味だ。

「こんなことだろうと思って、懐中電灯を持ってきたよ」

そう言って、クラさんがリュックの中から次々と懐中電灯を取り出した。さすがクラさん、準備にぬかりがない。

「でも、人数が増えるとは思っていなかったので三人分しか用意してないけどね…」

全員の分はなくとも、足下を照らす明かりさえあれば十分だ。まさに地獄に仏。不気味だったクラさんの顔が仏様のように見えた。

こうして山を下りられるようになったけれど、それでも夜の下山は大変だった。みんなで手分けして、一人一人の足下を照らさなければならないのだ。慎重に一歩一歩降りて行ったけれど、この時が一番怖かった。

弟のことが心配だったけれど、見るとワラシがしっかり手をつないでいた。まるで、弟のことを気遣う姉のようだった。

そして、なんとか一合目まで降りた時には、全身汗でビッショリになっていた。富士山頂からの花火見物は最高だったけれど、帰りの下山は最悪だった。こんな怖い思いは、もうこりごりだ。

神社の階段を下り、鳥居のところまで来て、ようやくホッとした。でも、安心したら急におなかが空いてきた。しまった！　夕飯をどうしよう？

今夜は、ホリさんの家でごちそうになると言ってきたので、家に帰っても夕飯はないんだ。ホリさんも同じく、ボクの家で夕飯を食べることになっていたはずだけど、と思ってホリさんを見ると、いつものように平然としている。

「あれ、夕飯は？」

ボクがきくと、ホリさんが笑った。

「ぼくは家で少し食べてきたから大丈夫さ」

さすがホリさんだ。いつでも冷静に先を見越している。

「ぼくおなかが空いたよ」弟が文句を言った。

するとクラさんがリュックからコッペパンを取り出した。

「花火に夢中で食べるのを忘れてたよ」

みんな驚いて、目を丸くした。さすが、クラさんだ。

「わ〜っ！　ぼくにも分けてよ」

早速、弟がねだった。

「うん、みんなで食べようよ」

クラさんがコッペパンをちぎって分けると、神社の階段に並んですわって、みんなでそれを食べた。

美味しかった。

けっして多くはなかったけれど、それだけでボクらは十分だった。

なんだか今夜の花火見物は、いろいろ大変だったけれど、みんなが力を合わせて、無事にやりきった。そう思うと、胸もおなかもいっぱいになったのだった。

〈お台場少年解説5〉

⑩ゴジラが上陸したのは何処か？

１９５４年（昭和29年）公開の「ゴジラ」で、怪獣ゴジラが最初に日本上陸したのは大戸島ですが、最初に本土上陸したのは何処でしょうか？　観音崎のたたら浜に足跡が残っていますが、劇中にそれを証明するようなシーンはありません。

直接初上陸シーンはありませんが、品川貨車操車場方面からやって来たゴジラは八ツ山橋を半壊して、海に戻っていきました。（実際のシーンでは、大井町方面に向かっていましたので、その後大森海岸あたりから海に戻ったと思われます）当時、品川貨車操車場は品川駅東口周辺（現在の品川インターシティ辺り）にありましたが、品川駅は港区にあります。そして、品川貨車操車場の海側には品川埠頭があり、品川埠頭は品川区になります。ですので、ゴジラが初上陸したのは品川区と考えられますが、いずれにしても、初上陸シーンがないので、港区か品川区かは微妙なところです。

ちなみに二度目に上陸したのは芝浦で、その後霞が関に向かい、国会議事堂を破壊すると、有楽町方面に方向を変え、日劇や服部時計店の時計台を破壊するなど、銀座界隈を火の海にしてから浅草方面に進行し、隅田川から東京湾に戻って行きました。

⑪品川の富士山って、なに？

江戸時代の中期には富士信仰（富士講）が非常に盛んで、富士登山が頻繁に行われるようになり、江戸を中心にたくさんの富士塚も作られました。富士塚は富士山を模して造った人工の小さな山で、この山に登って山頂から富士山を拝めば、本物の富士山に登ったのと同じように霊験あらたかであるとされました。

富士塚には、実際に富士山の溶岩を積んだものや、古墳や丘などを富士山に見立てたものなど様々ありますが、特に、品川富士（品川神社）に代表される江戸八富士が有名です。江戸近辺には大変多くの富士塚がありましたが、その後の宅地造成などによりかなりの富士塚が消えています。現在でも50か所以上が確認でき、痕跡の残るものも多数あります。

品川富士は明治2年に富士講中の人びとによって造られました。その後、第一京浜国道の工事によって品川神社の境内が削られ、富士塚も少し西側の現在地に移されたと言われています。

⑫ 肖像画の人のお墓が品川区にあるって、ほんと？

昭和30年代のお札の肖像画は、一万円札が聖徳太子、千円札が伊藤博文、五百円札が岩倉具視、百円札が板垣退助でした。聖徳太子のお墓は大阪の叡福寺《えいふくじ》に、伊藤博文のお墓は大井町の伊藤博文墓所（西品川）に、岩倉具視のお墓は海晏寺（南品川）に、板垣退助のお墓は品川神社裏の元高源院墓地（北品川）に、それぞれあります。

ちなみに、聖徳太子の後（１９８４年）に一万円札の肖像画になった福沢諭吉のお墓も、大崎の常光寺（品川区）にありましたが、１９７７年に港区善福寺に改葬されたので、すべての肖像画の人物の墓が品川区に揃うということは実現しませんでした。

⑬ 大正時代の新東京八名勝とは、なに？

１９３２年に、東京市が35区になったのを記念して、報知新聞社が新東京八名勝を選定することになりました。選定方法は市民の投票によって決められ、その結果、池上本門寺、西新井大師、品川神社（北品川天王社）、日暮里諏訪神社、赤塚松月院、目黒祐天寺、洗足池、亀戸天神の八名勝が選ばれました。

作中、富士山頂からの景観が選ばれたような記述がありますが、他の七名勝からもわかるように、選ばれたのは品川神社そのもので、必ずしも富士山頂からの景観とは限りません。

なお、隅田川花火大会の会場までは１０㎞くらい離れていますので、実際はさし絵のように大きくは見えませんが、当時の夜は暗く静かで障害物もなかったので、音が意外と大きく響き、子供の印象として花火も大きく感じたようです。

第六章「真夏の夜の夢」

ほとんどの家には風呂が無かったので、みんな近所の公衆浴場へ行っていた。ボクの家にもお風呂は無かったから、北馬場通りの天神湯か、猟師町の海水湯《しおゆ》とか、南品川の煉瓦湯に行っていた。だけど、毎年お盆が近づいてくると、海水湯にだけは行きたくなかった。なぜかというと、海水湯に行くには大正橋を渡らなければならないからだ。大正橋は木製の太鼓橋で、形も面白くて好きな橋だったけれど、夏場の、それもお盆が近づく夜中には、どうしても通りたくない橋だった。

街には街灯も少なくて、夜中ともなれば街から灯りがほとんど消えていたけれど、それでも月明かりをたよりに夜道を歩くことができた。

ボクの家では、店が閉まってから店員たちと公衆浴場に行くのが常だったので、風呂屋にでかけるのはいつも夜の九時過ぎになった。

そして8月15日の夜、久しぶりに海水湯にでかけることになったんだ。石鹸と手ぬぐいを片手に商店街を北に向かい、陣屋横町の角を右に曲がって、坂を下ると、その先に大正橋がある。けれど橋を渡る時、ボクは思わず目をつぶった。

「カタンコトン♪」と軽快な音を立てながら橋を渡っていくと、急に音が止んだ。どうやら橋を渡りきったようだ。ホッとして思わず目を開けると、暗闇の中にぼんやりと人影が浮き出た。それは女の人だったが、青白い顔の半分が奇妙にただれていて、見るも恐ろしい姿だった。

「ひぇ〜っ！」ボクは悲鳴を上げた。

「なんだイサオくん、怖いのか？」シゲオさんが笑った。

「だって、これ…」と言って、ボクが人影を指さした。

「ははは、こりゃポスターじゃないか」

「そ、それはわかっているけど…」ボクは震えながら言った。「でも、やっぱり怖いよ」

「まあたしかに、夜中にこんなのを見たら怖いね」

シゲオさんがポスターの方に目をやった。そこにはおどろおどろしい文字で「東海道四谷怪談」と書かれてあった。

ボクの家がある商店街の並びに、「品川劇場」という映画館があった。玉晶堂のすぐ近くにあって、歩いて30秒とかからない。元は「品川座」という寄席だった、一階建ての小さな劇場だ。

人々の娯楽といえば、もっぱら映画しかなかったので、ボクの家の近くにも映画館がた

東海道四谷怪談
8/1~8 品川劇場

くさんあった。一番近いのが「品川劇場」で、次に近いのが北馬場駅そばの「娯楽館」。ちょっと遠くにあるのが仙台坂上の「昭栄館」だ。ゼームス坂の裏にも小さな映画館があったけれど、そこには一度も行かなかった。

「品川劇場」では、主に東宝系の映画を上映していたけれど、夏のお盆シーズンになると、決まって怪談映画やホラー映画を上映するので、あちこちにそのポスターが貼られるのだ。

ポスターが貼られる場所はいつも決まっていて、そのひとつが大正橋のたもとの民家の壁だった。だから7月13日、品川宿のお盆の入りから8月16日の旧盆の終わりにかけて、ボクは夜遅くこの場所を通るのが怖かった。街灯もなく暗い夜道に、月の光に照らされてうっすらと浮かび上がるお岩さんの顔を見たら、誰だって肝をつぶすに決まっているじゃないか。

だが、恐怖はまだ続いた。海水湯は道を挟んで寄木神社の真向かいにある。この寄木神社は、南の天王祭で海中渡御される御神輿を奉っている神社で、日本武尊が乗っていた船の板がこの場所に寄りついたことからこの名がついたそうだ。

この寄木神社だけど、街中なのにうっそうとした木に囲まれていて、昼でもここだけ暗くて、なんだか妖怪でも潜んでいるかのようなんだ。夜になると灯がともされるけれど、灯が風に揺れる様子が鬼火のように不気味に見えて、ボクにはやはり怖い場所だった。

さて、こうしていくつかの難関をくぐり抜けて海水湯にたどり着いたけれど、のれんをくぐって中に入るやいなや――

「ひぇ〜〜っ！」ボクはまた悲鳴を上げた。

「イサオくん、どうしたんだ？」シゲオさんがのぞきこんだ。

「あ、あれ…」

震える手でボクが指さす先には、大正橋の畔にあったのと同じポスターが貼ってあった。暗いところで見るのも怖いけれど、明るいところで見ると、お岩さんの顔が鮮明に見えて、なお怖い。血の赤が毒々しいし、ただれた顔もハッキリわかる。恨めしそうに僕を見つめる目もおどろおどろしくて、怖いったらありゃしない。

ところで、この「東海道四谷怪談」を上映する品川劇場だけど、夏の期間の真夜中だけ、海外の映画を上映する「深夜劇場」という特別なナイトショーがある。主に海外のB級SF映画を上映してくれるんだけど、そんな映画を観られる機会はめったになかった。

ホントなら、深夜の劇場に子供は入れないけれど、大人と一緒なら、子供でも入ることができた。それに、ご近所ということもあって我が家には招待券が配られていたから、タダで観ることができたんだ。

この日も、風呂屋に行ってから、シゲオさんと一緒に深夜劇場を観に行く予定だった。海水湯には行きたくないけれど、ボクは映画が観たかった。

なにしろ今夜上映する映画には「禁断の惑星」に出ていたロビーというロボットも出演

するのだ。ロビーはブリキのおもちゃも買ってもらうほど、お気に入りのキャラクターだったから、是非ともこの映画は観たい。その思いから、恐怖のポスターを我慢して海水湯に連れて行ってもらったのだった。

さて、海水湯を出ての帰り道。大正橋にさしかかると、ボクは今度こそはポスターを見ないようにと、目をつぶった。もちろん、ポスターの貼ってある民家を避けるように歩いたんだけど、それがまずかった。反対側の壁に寄りすぎて、しこたま頭をぶつけてしまった。

「いたっ！」

「イサオくん、大丈夫かい？」シゲオさんが心配そうに声をかけた。

思わず目を開くと、シゲオさんの肩越しにお岩さんの顔が覗《のぞ》いて、ボクはまたしても悲鳴を上げた。

「ひぇ～っ！」

とにかくシゲオさんの手につかまって、なんとか陣屋横町の坂を上り、商店街にたどり着いた。

しかし、まだ油断はできない。目的地の品川劇場の前にも、もしかしたら劇場内の廊下にも、お岩さんのポスターが貼ってあるに違いないのだ。

そう思って、海水湯に行く時は、わざわざ劇場の反対側を見ながら歩いていたのだったけれど、余計な心配だった。

なんと、東海道四谷怪談のポスターの上に、深夜劇場で上映する映画のポスターが貼ってあったのだ。

ポスターにはロボットのロビーがでかでかと載っていて、「宇宙への冒険」というタイトルが赤い字で踊っていた。

なんて、少年の興味をそそるタイトルだろう。ボクはしばらくポスターを見つめながら、想像を膨らませていた。

「イサオくん、入るよ」

シゲオさんに促されて、劇場の中に入って行くと、幸いなことに廊下にはお岩さんのポスターはなかった。

場内に入ると、深夜だというのに結構観客がいて、ほとんど満席状態だった。さすがロビーは人気があるなと思ったけれど、単に海外のSF映画が物珍しかっただけかもしれない。ともかく大勢の観客が固唾を飲んで見守る中で映画が始まった。

だけど、スクリーンに映画が映し出されると同時に、ボクの期待は見事に打ち砕かれた。てっきり「禁断の惑星」と同じカラー作品かと思ったら、白黒作品だった。

それに、もちろんロビーは登場するのだけれども、なかなか宇宙に旅立つ気配がない。しかも主人公が少年のせいか、「禁断の惑星」に出てきたような美女も出ないし、危険なシーンもない。そんなわけで、全然ハラハラもドキドキもしなかった。

そんな時、ボクはいつも映画そっちのけで想像を膨らませて、自分なりの物語作りに夢中になった。せっかくロビーが出るのだから、さっさと宇宙に飛び立って異星人や宇宙の怪物と戦わなければおもしろくない。それも、ゾッとするような、得体の知れない怪物でなくては…と、そんな具合に、全く違うお話を勝手に作り上げることに夢中になった。

だから、映画が終わった頃には、ボクは完全に自分の作った世界に入り込んで、ひとり興奮していた。

「イサオくん、どうだった？」

シゲオさんが映画の感想をきいた。

「う、うん、おもしろかったよ」

もちろん、上映した映画がおもしろかったわけではない。おもしろいのはボクが頭の中で勝手に作った空想の映画の方だ。

なにしろ、その映画の方にはロビーのほかに、「宇宙水爆戦」のメタルーナ・ミュータントや、「禁断の惑星」のイドの怪物や、「地球防衛軍」のモゲラも出てくる。そしてもちろん、金髪の美女アン・フランシスも登場するのだから、おもしろくないはずがない。

そんなわけで、ひとり妄想にふけながら映画館から出た。外に出ると、すでに夜中の12時をまわり、街の灯りはすべて消えて、月も地平線に沈んでいたけれど、満天の空に輝く星明かりのおかげで、薄暗い中でも道や建物の輪郭はハッキリとわかった。

この東京でも、夜遅くなると街から灯りがなくなり、街中真っ暗になった。そのおかげで、星がよく見えた。夜空には天の川が流れ、流星群や、運が良ければ人工衛星も見ることができた。

夜空を見上げていると、今にも降ってきそうな夜空の星々が今夜は妙に近くに見えて、なんだか不気味だった。

玉晶堂の前まで来て、ふいに朝日楼《ろう》を見上げると、三階の暗い窓にボ〜ッと白い人影が覗《のぞ》いていた。そう言えば今日は旧盆だから、ワラシの故郷ではお盆なんだ。きっとワラシのお母さんが、ワラシのところにやって来たのに違いない。

そう思うと、映画のポスターであんなに怖かった幽霊なのに、なぜかこの時だけは、ホンモノを見ても少しも怖くなかった。

〈お台場少年解説6〉

⑭ 作中に出てきた映画って、どんな映画？

「東海道四谷怪談」（1959）

四代目鶴屋南北原作の怪談を忠実に、新東宝が中川信夫監督、天知茂主演で映画化した初カラー作品。フランシス・フォード・コッポラが「世界最高のオカルト映画」と評しているほどの、映画化された「四谷怪談」の最高傑作です。

「宇宙への冒険」（１９５７）

「禁断の惑星」に登場したロボットのロビーが出ているのが取り柄の白黒空想科学映画です。公開当時はわかりませんが、「続・禁断の惑星」という副題がついて紹介される場合もあります。

「宇宙水爆戦」（１９５５）

ゼーゴン星から誘星爆弾（最新のＤＶＤでは隕石爆弾に変えられてしまいました）の攻撃を受けていたメタルーナ星人が、防御バリヤーの技術開発に従事させるため、地球の原子物理学者をさらって来るという、ＳＦ映画です。

ちなみにメタルーナ・ミュータントとはメタルーナ星人が昆虫を突然変異させて作った昆虫人間です。むき出しの脳みそと巨大な目、両手のハサミが特徴で、ＢＥＭ（ビッグ・アイド・モンスター）の代表的な怪物です。

「禁断の惑星」（１９５６）

シェイクスピアの「テンペスト（嵐）」を原案にしたＳＦ映画です。全編音楽、効果音をすべて電子音で貫き、円盤型宇宙船や異星文明、万能ロボット、イド（潜在意識）の怪物といった、視覚的にもアイデア的にもセンス・オブ・ワンダーにあふれた、ＳＦ映画の偉大な金字塔で、その後のＳＦ映画やアニメに多大な影響を与えました。

ちなみにロボットのロビーをデザインしたのは日系アメリカ人のロバート・キノシタで、「宇宙家族ロビンソン」のフライデーも彼がデザインしたものです。

「地球防衛軍」（１９５７）

かつて火星と木星の間にあった惑星ミステロイドの異星人ミステリアンは宇宙空間にある母船から密かに空飛ぶ円盤を地球へ飛ばし、巨大ロボット・モゲラを使って富士山麓に巨大ドームを作り上げました。そして、突如姿を現すと、地球人に対して半径１２０㎞の土地と、繁殖に必要な女性たちを要求したのです。

これに怒った地球人は徹底抗戦の構えを見せますが、圧倒的な科学力の差に、成すすべもありません。そこで全世界が結束して地球防衛軍を組織し、科学を結集させて超兵器を作り、ミステリアンに対抗します。勝つのは地球人か、ミステリアンか？　いや、科学です。

とにかく、出てくる超兵器が凄い、日本が世界に誇る特撮映画の金字塔です。

どれだけ凄いかというと、全長200メートルもある空中戦艦α号、β号に、中央から電子砲を発射できる直径200メートルのパラボラ式反射鏡マーカライトファープ（正式名マーカライト・フライング・アタック・ヒート・リジェクター）というくらいです。

しかし、さらに凄いのが、この巨大なマーカライトファープをそのまま敵陣まで輸送する全長1㎞の超巨大ロケット、マーカライトジャイロです。マーカライトファープを格納している部分は直径200メートル以上ある計算になりますから、ホント、凄いですね。

⑮ 品川劇場って、どんな劇場？

北品川商店街にあった平屋の小さな劇場で、元は「品川座」という寄席で芝居や浪曲も上演していました。品川劇場で上映するのはもっぱら東宝系でしたが、三番館のため、新東宝など他の配給会社の映画も含めて、もっぱら二本立てや三本立て興行をしていました。

三番館というのは新作映画を公開する封切り館から1～2週間遅れで公開する二番館よりもさらに遅く（1か月～数年後？）公開する劇場で、封切り館や二番館で使用した中古フイルムを使って、一日に複数本の映画を上映していました。

なぜ複数本映画を上映するかというと、中古フイルムを近所にある他の三番館と巻ごとに持ち回りで上映するためで、フイルムの到着が遅れて、上映が中断することもしばしばあり、その模様は「ニュー・シネマ・パラダイス」でも再現されています。

ちなみに、「深夜劇場」では「原子怪獣現る」や「黒い蠍」などの傑作怪獣映画も上映していて、子供だけでなく大人たちも皆興奮して観たものでした。後年には日活映画が主になり、石原裕次郎や小林旭の映画を上映していました。

⑯アン・フランシスって、だれ?

「禁断の惑星」でヒロインを演じていた、昭和30年代を代表する全てのSF少年憧れの女優です。「ローハイド」や「ミステリー・ゾーン」「刑事コロンボ」など数多くの海外ドラマにゲスト出演し、海外ドラマ「ハニーにおまかせ」では主人公ハニー・ウエストを演じていました。なお、「ミステリー・ゾーン」と「刑事コロンボ」にはロビーもゲスト出演しています。

ちなみに、「ワンス・アポン・ア・タイム・イン・ハリウッド」のブラッド・ピッド演じるスタントマンのトレーラーハウスにもポスターが貼ってありました。きっとタランティーノ監督も彼女のファンだったのでしょう。

第七章「四号地の怪人」

もうだいぶ前から、陣屋横町と北馬場通りの間で環状六号線の工事が続けられていた。第一京浜国道から目黒川の旧本流にかけての直線上にある民家は取り壊されて、四号地まで空き地が延びていた。

四号地というのは、この空き地の先にある新東海橋を渡った先の埋め立て地で、天王洲とも呼ばれている所だ。

夏休みのある日、その四号地に池があるという噂が子供たちの間に流れた。なぜ埋め立て地に池ができたのかはわからないけれど、その噂を聞いて、ボクたちは色めき立った。どんな池だろうか？　魚が泳いでいるんだろうか？　深さはどのくらいあるんだろうか？　ともかく、池と聞いて想像をかき立てられたボクは、すぐさま四号地に行くことにした。

途中ホリさんの家に寄って一緒に行かないかと誘うと、ついさっきクラさんからも誘われたそうで、クラさんは先に行って待っているとのことだった。さすがクラさんだ。新しい物や珍しいことにはホントに目ざとい。そこで、ボクはホリさんと一緒に四号地に向かうことにした。

陣屋横丁から大正橋を渡って猟師町の道を左に曲がり、すぐ先の右にある路地を海岸通りに向かって歩いていると、ホリさんがボクにたずねた。

「ねえ、なんで四号地っていうか知ってるかい？」

「えっ？　もしかしたら、四番目の埋め立て地ってことじゃない？」

「うん、じつは第四台場が作られていた場所なんだ」

「へえ、第四っていうと、ほかにもお台場があったのかい？」

「そうさ。ホントは全部で十一箇所のお台場が作られる予定だったんだよ」さすが物知りのホリさんだ。ボクが感心していると、ホリさんがたずねた。

「江戸時代の末に、米国から海を渡って、ペリー提督率いる軍艦の一団が日本にやってきたのは知っているよね？」

「うん、黒船来航だね」

ボクも、学校で習ったばかりの知識を披露した。

「でも、突然海に軍艦が現れて、みんな驚いただろうね」

「そりゃ驚いたの何のって、たとえて言えば、東京の空に巨大な宇宙船が現れたようなものだからね」ホリさんが笑った。「将軍でさえも、その知らせを聞いて、食事中に思わず箸を落としたそうだよ」

「ふ〜ん。でもなんで、わざわざ軍艦でやって来たんだろう？」

ボクが頭を傾げると、ホリさんが答えた。

「それは軍艦で脅して、幕府に鎖国を解かせようとしたのさ。当時、欧米で灯油の主な原料だった鯨を捕るため、捕鯨船の基地を日本に作るのが本当の目的だったんだけどね」

「それで、幕府はどうしたの？」

「それが、幕府はのらりくらりと返事を先延ばしして、なんとか一年待ってもらうことにしたんだ」ホリさんが苦笑いした。「そして黒船が帰るとすぐに、幕府は黒船に対抗するため、江戸の海岸線にそって十一箇所のお台場を建造することにしたんだよ」

「でも、お台場って、砲台を置くための場所でしょ？」ボクが首をひねった。「そんな所、どこにも残っていないけどなあ…」

「なにしろ、黒船がまたやってくるまでに一年しかなかったからね。とにかく埋め立てしやすい遠浅な場所を選んで、突貫工事をしたんだけど、結局間に合わなくて、六つのお台場しか完成しなかったんだ。しかも、そのうちの一つは御殿山下台場で、ここは陸続きの岬に作られたんだよ」

「ああ、台場小学校がある場所だね」ボクが頷《うなず》いた。「すると、学校のどこかに砲台が残っているのかも…？」

「いや、一年後に黒船が来た時には日米和親条約が結ばれて、結局その後お台場の砲台は必要なくなったんだ。だから、砲台は実戦で一度も使われずに破棄されて、今ではその跡だけが残っているだけなんだ」

「なんだ、そうかあ」

ボクは思わず、肩を落とした。四号地にそんな歴史があったとは知らなかったけれど、結局何の役にも立たなかったなんて、ちょっと残念な気がした。

気が付くと、ボクらは海岸道路まで来ていた。この海岸道路では、道に沿って、羽田の方から銀座方面まで延々と工事が続けられていた。

なんでも、4年後に東京で開かれるオリンピックに合わせて、高速道路やモノレールという新しい乗り物が通る道が作られているらしい。

ぼくたちは海岸道路から新東海橋を渡って四号地に渡った。この四号地と海を挟んだ向こうの埋め立て地には、品川火力発電所の巨大な煙突が二本そびえていたけど、去年いきなり一本立ったと思ったら、いつのまにか二本に増えていたのが不思議だった。それで、子供たちの間では、世界征服をもくろむ悪魔博士の秘密基地に違いないなんて噂が流れた。でも、これもきっと、ケン坊が流したんじゃないかな。

それはともかく、四号地に着いたけれども、大きな倉庫が並んでいるだけで、池など見当たらない。

「あれっ、おかしいな。池がないぞ」

ボクが首を傾げると、ホリさんが何か思いついたようで、

「はは〜ん」と手を打った。「そうか、みんなの言う四号地は、ここのことじゃなくて、この先の橋を渡った先の埋め立て地のことに違いないぞ」

「ええっ？　それじゃ悪魔博士の基地…じゃなかった、品川火力発電所のある所じゃないか」

「いや、それは仮設の品川ふ頭橋を渡った先の右側だけど、池があるのは左側の第一台場や第五台場のあった場所じゃないかな」

「えっ？　第一台場と第五台場がひとつになったの？」

「実はそうなんだ。その後も埋め立てが続けられて、今は両方とも一緒の埋め立て地になったのさ」

それは全く知らなかった。ホリさんと来なければ、きっと迷ってしまったに違いない。

それにしても、第四台場も第一台場も第五台場もみんなひっくるめて四号地と呼ぶなんて、みんないい加減だな。

そんなわけで、ボクたちは次の品川ふ頭橋も渡って、その先の埋め立て地に向かったんだ。

橋を渡ると、道が三方向に分かれていて、右側には品川火力発電所の巨大な二本の煙突

が異様にそびえていた。確かに近くで見ると、その大きさに驚かされて、悪の組織の基地だなんて思いたくもなる。

しかし、今はそんなことよりも、池を見つけなければならない。左側を見ると、広大な荒れ地が広がっていて、一面に草が生い茂っているけど、きっと目指す池は左に向かう道の先にあるに違いない。

そう信じて、ボクらは左側の道を行くことにした。道の両側には背丈ほどの草が茂っていて、全く先が見渡せないけれど、とにかく道に沿って歩いて行った。そして、しばらく進むと小高い丘があって、その丘を越えると目の前に大きな池が現れた。

池を見ると、すでに十人くらいの子供たちが、どこから持ち込んだのか、壊れた板塀を筏《いかだ》代わりに浮かべて遊んでいた。

「なんでこんなところに池があるんだ？」

ボクが首をかしげると、ホリさんがつぶやいた。

「おそらく雨水がたまったのだろうとは思うけど、この間の台風で押し寄せた波が丘を越えたのかもしれないね」

「へぇ〜っ、そうなんだ」ホリさんの言葉にボクも頷《うなず》いた。「でも、なんで波が押し寄せたなんてわかるんだい？」

「だって、魚が泳いでいるじゃないか。雨水だけなら魚はいないはずだよ」

たしかに池の中を覗《のぞ》くと、小さな魚が泳いでいた。さすがはホリさんだと、ボクは思わず膝をたたいた。

「おおっ、来たのか？」突然、横の草むらから声がした。

振り向くと、クラさんが服に丸い虫のようなものをたくさん付けて現れた。

「なんだ、こりゃ？」

ボクがそのひとつを摘んで見ると、ホリさんが言った。

「それは〈ひっつき虫〉だよ。…とは言っても虫ではなくて、オナモミという植物の実なんだ。ほら、そのトゲトゲの部分が動物の体にくっ付いて、実を遠くへ運ばせるのさ」

「へえ、そうなんだ」ボクはホリさんの物知りに、ただただ感心した。

「ところで、クラさんはなんで草むらに隠れていたんだ？」

ホリさんが尋ねると、クラさんが急にしゃがみ込んで、押し殺した声で言った。

「ほら、あそこの丘の下を見てみなよ」

クラさんが池の向こう岸にある小さな丘の麓を指さした。見ると、丘の下の部分が削られて土がむき出しになっていて、そこに不自然に大きな横穴がぽつんとあいていた。

「あれっ、なんであんなところに穴があるんだ？」ボクが声をうわずらせた。

「きっと誰かが掘ったんだよ」ホリさんが言った。「もしかしたら、防空壕の跡かもしれないよ」

「誰か住んでいるんじゃないか？」

　ボクが心配して言うと、クラさんが頭を振った。

「ぼくもそう思って、さっきから監視していたけれど、誰も出てこないし、きっと誰もいないと思うんだ。だから……」

「だから、どうしたんだよ？」

　ボクがたずねると、クラさんがニヤリと笑った。

「だから、ぼくらの秘密基地にしようと思うんだ」

「ええっ、秘密基地だって？」

〈秘密基地〉、なんとボクらの心をそそる言葉だろう。

「ほら、ちょうど悪魔博士の基地を監視するのに良い場所じゃないか」

「秘密基地かぁ。面白そうだね」ホリさんまでもが賛成した。

　それで、しかたなくボクもしぶしぶ賛成することにした。ともかく中を覗《のぞ》いてみようということで、向こう岸まで池を回り込んで草むらの中を歩いて行った。おかげで、服にいっぱいひっつき虫が付いてしまった。

　丘の麓に着いてみると、垂直に削られてむき出しになった赤茶けた土の側面に、縦横1・5メートルくらいの横穴が掘られてあって、側面と天井が大きな石で組まれていた。中は暗くてよくわからないけれど、結構奥が深いようだ。

「誰かいませんか？」穴に向かって、ホリさんが大声でたずねた。

だけど、しばらく待っても、中から返事はなかった。やっぱり誰もいないようだ。

そこで、三人は恐る恐る中に入って行った。だけど、今回はさすがのクラさんも懐中電灯を持ってこなかったので、なかなか奥に進むことが出来ない。でも、しばらくすると暗闇に目が慣れてきて、中の様子が次第にわかってきた。

穴の奥は思ったほど深くはなかったけれど、三畳くらいの広さがあった。地面のあちこちに新聞紙や段ボール箱が散らばっていて、鉄製のコップや何かの容器まで置いてあった。やっぱり誰か住んでいたようだ。

そう思うと、ボクは何だか急に居心地が悪くなった。

「もう出ようよ」

そう言ってボクが振り向くと、クラさんは腕組みしながら、何か考え事をしているようだった。きっと、秘密基地の構想に夢中なんだろう。

ホリさんも、そこに置いてあったコップや新聞紙を手にとって「これは三ヶ月前のものだから、今は誰も住んでいないようだね」と、落ち着き払った様子だ。

と、突然、外で車の停まる音がして、何か話し声が聞こえてきた。

一瞬、ボクたちは体が固まり、穴の外を見つめた。

すると、穴の外に何かが現れた。外の日差しを背に受けて、陰しか見えないけれど、それは四つんばいになってぎこちなく動いていた。

それを見て、ボクたちは背筋が凍った。いったい何だろう？　そう思った次の瞬間、いきなり大きな声でそれが怒鳴りつけた。

「こらぁ！　人のねぐらに勝手に入るな！」

「うわぁ〜っ！」

思わず悲鳴をあげて、ボクたちは外に飛び出した。途中、何かとすれ違ったけれど、目をつぶっていたので何かはわからなかった。

外に出ると、息を弾ませながら穴の方を振り返ってみた。すると、暗い穴の中から、何か白いものがはい出てきた。

それは白い浴衣のようなものを着たおじさんだった。頭には帽子をかぶっていた。だけど、何か様子が普通と違った。

よく見ると、おじさんには足がなかった。両足とも膝から下がないのだ。

「おじさん、その足…？」ボクが声をふるわせた。

すると、おじさんがまた怒鳴った。

「見せ物じゃないぞ！　さっさと家に帰れ！　二度と来るなよ！」

そして、くるりと向きを変えて、また穴の中に入って行った。ボクたちは怖くなって、その場から逃げ出した。草むらの中をひたすら走った。夢中で走り続けた。

池の反対側まで来ると、息が苦しくなって、思わずその場に倒れこんだ。しばらく草の上に大の字になっていると、ようやく我に返った。

「あのおじさんは何だったんだろう?」ボクが口を開いた。

「きっと傷痍軍人《しょういぐんじん》さんだよ」ホリさんが息を弾ませた。「戦争で手足を無くした兵隊さんだけど…」

「ああっ、品川駅の前でよく見かけるね」クラさんが口を挟んだ。「楽器を演奏して、みんなからお金を寄付してもらっているんだ」

「ふ〜ん、そうなんだ」

そう言ってボクは頷《うなず》いたけれど、心の中では不思議に思っていた。

(あんな体で、ここからどうやって品川駅まで通っているんだろうか?)

四号地から品川駅までは何キロも離れているし、途中には急な坂もある。トラックが行き来する危ない場所もある。どう考えたって、ひとりでこの距離を移動するなんて無理な話だ。

その謎が解けたのは、それから一週間後のことだった。あのおじさんのことが気になって、ボクは品川駅まででかけてみたのだ。

駅の西口前に行くと、クラさんの言ったとおり、同じような傷痍軍人《しょういぐんじん》の人たちがあちこちに立って、楽器を演奏していた。黒いメガネをかけた人や、腕や足のない人たちが、器用にギターやアコーデオンをひいたり、ハーモニカを吹いていた。

それぞれの前には「更生ノ為ノ音楽ニ皆様ノ御協力願イマス」と書かれた白い箱が置かれて、寄付金を募っている。道行く人もけっこう足を止めて、音楽に聴き入っていた。

四号地にいた、あのおじさんはいないかと探していると、一番奥の端でハーモニカを吹いていたおじさんがちらりとボクの方を見た。四号地のおじさんだった。でも、ちゃんと立っているじゃないか。

不思議に思って足をよく見ると、木で出来た義足をはいていた。でも、簡素な義足なので立っているのがやっとという感じだった。

でもやっぱり、ここまで通っているんだ。そう思うと、なぜかうれしいような悲しいような複雑な気持ちになって、涙が出てきた。

時間が経つのも忘れて演奏を聴いていて、気が付くと夕方になっていた。

すると、どこからともなく一台のトラックがやってきて、おじさんたちの前に停まった。そして、運転席から若いお兄さんがふたり降りてきて、おじさんたちを次々とトラックの荷台に乗せ始めた。

どうやら、彼らがおじさんたちをねぐらからここまで運んでいたらしい。これで、ようやく謎が解けた。そう思って胸をなで下ろしていると、いきなり怒鳴り声がした。

「ぼうず、早く家に帰れ！」

四号地のおじさんだった。荷台から声をかけてくれたのだ。ボクが思わず手を振ると、おじさんも手を振った。

トラックのエンジン音が鳴って、走り始めた。八ツ山橋の方に向かって去っていくトラックを見送っていると、どこからともなくハーモニカの音が聞こえてきた。

遠く離れているので、おじさんの吹くハーモニカの音が聞こえるはずはないけれど、ボクの耳には確かに聞こえたんだ。そして、それはなんだか、もの悲しい音だった。

〈お台場少年解説7〉

⑰ **お台場はなぜつくられたのか？**

欧米諸国では産業革命によって、工場や事務所が夜遅くまで稼働するようになり、工業機械の潤滑油やランプの灯に必要な鯨油の需要が高まりました。

そのため、捕鯨が盛んに行われていましたが、太平洋を運行する捕鯨船は鯨を追って日本近海まで来ていたので、補給地として日本の港が必要になりました。しかし、当時日本は鎖国していたので、1853年、米国政府は日本にペリー艦隊を送り込み、開国を迫りました。

この時、ペリー艦隊が一斉に撃ち鳴らした号砲に浦賀と付近の村人たちは驚愕しました。それが伝わり遠く離れた江戸庶民はもとより、将軍さえも驚愕し、江戸中が大騒ぎになったそうです。その様子が狂歌にも残されています。

「泰平の眠りを覚ます上喜撰（蒸気船）たった四杯で夜も寝られず」

即時開国を迫るペリーに対して、のらりくらりと返答を延ばし、ともかく一年の猶予を得た江戸幕府は、一年後の再来日に備えて、湾岸沿いに洋式の海上砲台を建造することになりました。いくつかの案が出されましたが、工期に限りがあることから、建造場所には、すぐそばの御殿山や八ッ山等からから土砂を運んで埋め立てやすいという理由から、遠浅な品川沖が選ばれました。

当初十一基の砲台場を造る計画でしたが、突貫工事のために雇った人足たちや資材に歳費がかさんだこともあり、結局ペリーが再来日するまでに完成したのは、第一台場から第三台場と第五台場と第六台場、それと、御殿山下台場だけでした。建造途中に終わった第四台場は7割方、第7台場は3割方建造されていました。

結局、この砲台場が実戦に使われることはありませんでしたが、作中に述べられているように全く無駄だったわけではないようです。

おそらくたった一年でこんなものを造り上げた日本人に驚愕したことでしょう。このことは、1854年に米国の圧力で締結された不平等な日米和親条約においても、日本側にとって、少しは役に立ったかもしれません。

なお、文中「防空壕」だろうと書かれてありますが、当時の航空写真から、実は砲台場の弾薬庫跡ではないかと思われます。

第四台場は、砲台は設置されませんでしたが、埋立や石垣工事はほぼ完了していたので、跡地を利用して緒明菊三郎が日本最初の洋式造船所を設立しました。明治の産業振興や舟運の発展に大きく貢献した緒明氏の屋敷は現在の権現山公園の東側にあり、屋敷前の道路は緒明横丁とも呼ばれていました。

現在、天王洲アイルの北東端のウッドデッキの下に第四台場の石垣が残されていて、船上からだと確認することができます。

⑱ 傷痍軍人《しょういぐんじん》って、なに？

戦争は多くの人の命を奪い、多大な傷跡を残しました。戦地で大きな傷を負って帰ってきた兵士は「傷痍軍人」と呼ばれ、国立療養所、のちの国立病院で療養を続けることになりましたが、手足を失った身体では社会復帰も難しく、街頭での募金活動で生活の糧を得る人も大勢いました。

これが社会問題となり、１９５０年初頭に各都道府県の条例で街頭募金が禁止されましたが、傷痍団体と厚生省との交渉で緩和され、その後は団体公認の募金箱を設け、駅前や街頭で楽器を演奏するなどして募金を募るようになりました。

しかし、東京オリンピックを契機に政府による生活保護などが進められると、その姿も街角から次第に消えていきました。

第八章「幻の馬」

夏休みが終わって学校に行ってみると、教室の掲示板にガリ版刷りのお知らせが貼ってあった。見ると、四号地の池のことが書いてあった。

「いかだ遊びをするのは、危険ですからやめましょう」

もう禁止されてしまった。きっとだれか池で溺れたんだろう。だけど、こうして次々と遊びを禁止されても、ボクらはきっと新しい遊びを見つけるに違いないんだ。

すると、クラさんが興奮した様子で教室にやってきた。

「聞いたかい？」

「四号地の池で遊んじゃいけないんだろ」

ボクがそう言うと、クラさんが頭を振った。

「違うよ。学校に泥棒が入ったんだよ」

「えっ⁉」

「理科室の窓ガラスを割って、中に侵入したらしいよ」

それを聞いて、ボクたちはすぐさま窓の外を覗《のぞ》いた。

「あっ、ホントだ。警察の人が来ているぞ」

見ると、理科室の窓の下で、制服姿の人が何かを調べていた。

何を探しているんだろう？　と思ったけれど、そのナゾはその日の午後に解けた。

始業日なので、いつもより早くホリさんと一緒に下校して、台場横丁の坂を上っていると、ホリさんがボクに言ったんだ。

「理科室からアルコールが盗まれたそうだよ」

「なんだアルコールだって？　そんなもの盗んで、どうするつもりなのかな？」

ボクがたずねると、ホリさんがニヤリと笑った。

「そりゃ、お酒でも作るんじゃないのかな」

「へえ、そんなことまでしてお酒を飲みたいなんて、大人って変だね」

ボクが首を傾げると、ホリさんが思いだしたように言った。

「そういえば、今日警察の人が来て、理科室の窓の外で何かを調べていたのを見たかい？」

「うん、何をしていたのかな？」

「あれは、足跡を調べていたんだ。足跡に石膏を流して足形を採るんだけど、石膏は固まるのに時間がかかるので、最近はもっと早く固まる特別な石膏が使われているんだ」

「よく知っているねえ」

ふいに横から声がしたので、驚いて声の主を見ると、台場交番のおまわりさんだった。ちょうど、ボクらが交番の近くを歩いていたので、ホリさんの話が聞こえたんだろう。

「うん、ホリさんは物知りなんだ…」

そう言って、ボクがホリさんを指さそうとしたら、突然、今度は後ろの方から怒鳴り声が聞こえてきた。

「危ないぞ！」

（えっ、なにが危ないんだ？）

不思議に思って、ボクが振り返った時だった。

ドドドドドドッ‼　っと、地響きをたてて、何か茶色い大きな物が、ボクのすぐ横を走り抜けて行ったんだ。

「な、何だ⁉」

ボクが思わず声を上げると、ホリさんが叫んだ。

「牛だ！」

「えっ、牛だって？」

見ると、確かに牛だった。でも、牛乳屋のポスターにある、白と黒のまだら模様の牛とは違って、全身茶色の毛で覆われていた。

その牛は、台場交番の前を過ぎると、商店街をそのまま南へ行こうとしたけれども、あ

駐在所

いにく停車中のトラックに行く手を遮られて、角を右へと曲がった。ところが、その先にもトラックが道を塞いでいたので、行き場を失ってしまった。

するると、何を思ったのか、くるりと回って、角にあるパチンコ屋に飛び込んだんだ。

すぐに、パチンコ屋からガシャーン！　という音とともに、ものすごい悲鳴が聞こえて、店内から十人くらいのお客が飛び出してきた。みんな、あわてた様子で、中には靴も履いていない人もいた。

「危ないから、みんな下がって！」

交番のおまわりさんが、周りの人たちに注意した。気がつくと何十人もの野次馬たちが集まってきている。

そして、パチンコ屋を取り巻くようにみんなで固唾《かたず》をのんで見守っていたけれど、いつまでたっても牛が出て来ない。

しばらくして、おまわりさんが一人で店に近づくと、そっと中をのぞき込んだ。

するとその時、みんなの後ろから大きな声が聞こえてきた。

「お〜い、待ってくれ！」

何だと思って声の方を振り向くと、手にロープを持ったおじさんがふたり、あわてた様子でやって来た。

おじさんたちは、群衆をかき分けて進むと、おまわりさんに頭を下げて、店の中に入っていった。

それから数分して、さっきのおじさんがロープを引っ張りながら店の中から出てきた。ロープの先はと見ると、大きなお尻が現れて、牛が後ずさりしながら外に出てきた。おじさんたちの話では、店に突っ込んだひょうしに、牛の体が狭い通路とイスに挟まれて、身動きできないでいたそうだ。

そして、おじさんたちはパチンコ屋の店主にあやまると、首に縛ったロープを引っ張りながら、牛を連れてどこかに去って行った。

こうして、事件はあっけなく解決したんだけれど、ボクにはひとつ疑問が残った。いったいあの牛はどこから逃げてきたんだろう?

ホリさんにたずねると、「品川駅の裏から、逃げて来たんだよ」と答えるだけで、それ以上なにも教えてくれなかった。どうも、いつものホリさんらしくないなと思ったけれど、きっと牧場でもあるんだろうなと、ボクは納得したんだ。

それから、家に帰ってこの事件のことを話したけれど、意外なことにみんなあまり驚かないんだ。どうやら、以前にも同じ様なことがあったらしい。でも、牛がどこから逃げてきたのかをきくと、お父さんもお母さんもシゲオさんも、みんな口をそろえて「品川駅の裏」からとしか教えてくれなかった。

それで、ボクは思ったんだ。よほど特別な牧場に違いないってね。高輪や赤坂も近いし、もしかしたら、高貴な人が飼っている牧場なのかもしれない。そう言えば、今まで一度も品川駅の裏口には行ったことがないけれど、品川駅の裏に牧場があるなんて全然知らなかった。だから、そんなに近くに牧場があるなら、一度行ってみたいなとボクは思ったんだ。

そして、数週間が過ぎた頃。その日は学校で遠足があったけれど、前の日に食べた物に当たったせいか、ボクは朝から具合が悪かった。それで、お母さんが学校に連絡して、遠足をお休みすることにしたけれど、どういうわけか午前中に、ケロッと治っていた。

急に朝から時間が空いてしまった。それで、ボクはちょうど良い機会だから、遠足の代わりに品川駅の裏へ行ってみることにしたんだ。

品川駅の西口の前には第一京浜国道が通っていて、路上には路面電車の始発駅も並んでいたから、西口はいつも大変にぎわっていた。

だけど、駅の東口に出てみると、駅前には倉庫や工場のような建物を取り囲むように長い塀があるだけで、ほとんど人気もなかった。

海が近いというのに潮の香りもしないし、あたりには変な臭いが漂っている。もしかしたら、牧場の臭いだろうか？

そうか、この塀の向こうに、きっと牧場があるに違いない。そう思って、ボクはあたりを探し回ってみた。だけど、いくら探しても牧場の入り口らしき門が見つからないんだ。

それどころか、住所を調べてみると、驚いたことに、いつの間にか港区にいる事に気が付いた。それでわかったことだけど、なんと品川駅は港区にあったんだ。

そういえば、目黒駅も目黒区じゃなくて品川区にあったっけ。いったい何でこんなややこしいことになったのかは知らないけれど、とにかくボクの頭は混乱してしまった。探している牧場も、てっきり品川区にあると思っていたけど、本当は港区にあるのだろうか？急に探す自信がなくなって、あきらめようと思い始めた頃だった。

海岸道路を歩いていると、どこからともなく、「モー、モー」と牛の鳴く声が聞こえてきたんだ。

それで、声のする方を振り向くと、ボクのそばを幌のついたトラックが通り過ぎて行った。

きっと牛を運んでいるトラックに違いない。

ぼくは急いで、トラックの後を追った。トラックの速さに追いつけるはずもないけど、とにかく走って追いかけた。

すると、トラックがとある門から中に入って行ったんだ。門の看板を見てみると、「芝浦屠《と》場」と書いてあった。難しい漢字なので読めなかったけど、きっと「芝浦牧場」のことだろうと、ボクは勝手に思った。

でも、門の外から中を覗《のぞ》いてみたけれど、どこにも牧場らしい柵も牛舎もないんだ。塀越しに見える建物はそれほど高くなく、倉庫か工場にしか見えない。それに、かなりの長さがあって、その長方形の建物がいくつか並んで建っていた。もしかしたら近代的な牛舎なのかもしれないとも思ったけれど、あまりに大きすぎるし、いったい何の建物だろう？

その謎を解くために、ボクは長いコンクリートの塀に沿って歩き、周りを調べてみた。広くて車の通行も激しい海岸道路から、ぐるっと回ると、もうひとつ門があった。こちらの方が駅に近いし、きっと正門だろうけど、こっちは門が閉まっていて、中も覗《のぞ》けなかった。

正門を過ぎてさらに進むと、長い裏道があった。レールがたくさん並ぶ国鉄の敷地の金網と左側の長い塀に挟まれた狭い道には、ほとんど車も通らず、昼間なのに通行人もいない。まるで、ボクだけこの街に取り残されたような気になった。

ようやく塀の角を曲がって正門のちょうど反対側に来ると、広い空き地があって、車がたくさん駐車していた。しかもよく見ると、このあたりの塀は古いままらしく、ボロボロで、上の方が崩れているところもあった。

そして、その崩れた塀の下になぜか木箱が置いてあった。誰が置いたかは知らないけれど、この箱を踏み台にすれば、子供のボクでも塀の向こうを覗《のぞ》くことができそうだ。そこでボクは迷わず、箱の上に登ってみたんだ。

案の定、塀越しに敷地の中を覗《のぞ》くことが出来た。ちょうど目の前に、建物の出入り口が見える。

すると、そこに幌《ほろ》をかぶった、さっきのとは別のトラックが横付けされた。そして間もなく、入り口の扉が開かれ、中からおじさんたちが次々と何か大きな塊を担いで出て来た。

最初、ボクはそれが何かわからなかった。でも、その塊から四本の骨が飛び出しているのを見て、さっき見たトラックに運ばれていた牛たちのことを思い出した。それで気が付いたんだ。もしかしたら、肉の塊かも？　いやきっと、牛の肉に違いないと。

そうだ。ここは牧場なんかじゃないんだ。牛たちの命を奪って食用の肉に加工する所だったんだ。だから、あの牛は必死になって逃げ出したんだ。

そう思うと悲しくなった。なんで命を食べなきゃならないんだろうか？　でも、ボクは朝から何も食べていなく、気持ちとは裏腹に、ボクのお腹はグ～♪グ～♪と鳴るのだ。……なので、それも仕方がないかなと思った。そして、不思議に思ったんだ。

ボクは今まで、こんなに大きな肉の塊を見たことがなかった。それに、だいたい牛の肉なんて、ほとんど食べたこともなかったんだ。

ボクら子供が食べさせてもらえる肉といったら、ほとんどが魚か鯨の肉だった。豚肉だって、せいぜいカレーに入っている細切れの肉で、肉の塊を食べさせてもらったことなんか無かったし、鶏肉だって、たまにお父さんがおみやげで買ってくる焼き鳥だけだった。

それが牛肉となると高価なので、ごくたまに佃煮か大和煮の缶詰を食べさせてもらったくらいで、それも本当の牛肉かも怪しい物だった。

そんなわけだから、その塊が牛の肉だとわかったこと以上に、その大きさにボクは驚いたんだ。いったいだれが食べるんだろうか？

14
13
12
海苔

品川駅の裏からの帰り道、ボクはずっと考えていた。ボクたち子供は食べたこともないのに、牛たちが牛肉に加工されているのはなぜだろうか？　きっと大人たちが子供たちに隠れて食べているに違いない。そう考えると、大人はヒドイなとか、ズルイなとも思った。

でも、やっぱりボクはお腹が減っていて、ボクのお腹は相変わらずグ～♪グ～♪と鳴り続けている。その間も、あのトラックから聞こえてきた牛の鳴き声が頭の中に響いて、なんとも切ない気持ちになった。

そんな複雑な気持ちで、北品川商店街を家に向かって歩いていると、後ろから「キャン！キャン！」と犬の鳴き声が聞こえてきた。きっとまた、あの嫌なスピッツだ。

そう思って振り向くと、意外なことに、黒くて大きな動物がこちらに向かって走って来るじゃないか。

夢では？　と目をこすって、よく見ると、それは黒い馬だった。道にいた人たちも、みんな呆然と立ち尽くしている。こんな所に馬がいることが、信じられないようだった。

「ヒヒ～ン！」といなないて、馬がボクの横を通り過ぎて行った。

その時、ボクは見たんだ。首に巻かれたロープをたなびかせて、必死に逃げる、悲しそうな馬の目を。

ふいに、品川駅の裏から逃げ出した牛のことを思い出した。もしかしたらこの馬もあそこから逃げてきたんじゃないだろうか？　同時に、馬の肉なんて、いったい誰が食べるんだろうか、とも思った。

するとその後を追いかけて、白いスピッツが甲高い声で鳴きながら、過ぎていった。いつもなら、嫌いな鳴き声だけど、なぜか「逃げろ、逃げろ！」と追い立てているように聞こえた。

その鳴き声につられてボクも後を追いかけた。品川劇場の前を過ぎ、玉晶堂の前にさしかかると、店からシゲオさんが顔を出して、何か呼びかけてきた。でも、ボクは聞こえないそぶりで、そのまま店の前を通り過ぎた。

前を見ると、馬はすでに品川橋を渡り、南品川の商店街に入るところだった。でも、停車中の車に行く手を遮られると、急に右へ方向を変えて、川沿いの道を上流に向かって走り始めた。その先には、遥か遠くに富士山が見える。まるで、富士のすそ野に向かっているようだった。

思わずボクは逃げ延びるように祈った。そして、なんだか悲しくなってきた。涙があふれて、富士山に向かって走る馬の後ろ姿が、幻のようにかすんで見えた。


〈お台場少年解説8〉
⑲品川駅は、なぜ港区にあるの？

日本で最初に鉄道が運行したのは１８７２年（明治5年）9月12日（新暦では10月14日）の新橋―横浜間と言われていますが、実際はその3か月前の6月5日に品川駅―横浜駅間が仮開業しています。その時、品川駅は八ッ山橋のすぐ北の埋立地につくられました。その後、品川―赤羽線（後の山手線）などの線路が増えプラットホームと引き込み線を作るために３００ｍほど北の現在の場所に移設されました。

当時品川駅の裏はすぐ海で、品川駅から新橋駅までは海岸線に沿って海を埋め立てて、最短コース上に線路を敷設しました。なぜ海岸線に線路を造ったのかというと、鉄道予定地の多くに陸軍用地を持っていた旧薩摩藩を中心とする軍部に鉄道建設を反対されたため、遠浅の海上に線路を造ることになったと言われています。

では、なぜ港区なのに「品川駅」と称したかと言うと、品川駅開設計画を立てた当時、武蔵野、東京23区を含んだ横浜あたり一帯が１８６９年（明治2年）から１８７１年（明治4年）の間「品川県」だったからです。つまり、「品川県」に開設する予定だったので、そのまま「品川駅」となったワケです。

ちなみに、目黒駅が品川区にあるのは、目黒村地元農家の反対運動によって移転したといわれていますが、そのような記録はなく、単純に大崎駅から渋谷駅に向かう最短コース上に開設しただけのようです。

⑳と畜場って、なに？

と畜場は牛や豚や馬などの家畜を殺して、解体し、食肉に加工する施設のことです。

「芝浦屠《と》場」（現東京食肉市場）がなぜ品川駅東口にあるかというと、広大な埋め立て空き地があり、近くに品川貨車操車場もあって、貨車で運ばれた家畜を搬入するのに便利だったからです。

「芝浦屠《と》場」は東京最大のと畜場で、１９３８年（昭和13年）に「東京市営芝浦屠《と》場」として開設されました。それまで、東京各地にと畜場がありましたが、住民の反対運動が盛んだったこともあり、「東京市営芝浦屠《と》場」が開設されると、それらの殆どがここに順次移転統合されていきました。

　ちなみに、作中、裏の塀から中を覗く場面がありますが、実際は塀を乗り越えて中に入り、勝手に解体作業を見学して、正門から出ていきました。当時は自由に中を見学できたようです。

㉑逃亡した牛がパチンコ屋に乱入したって、ホント?

　当時、と畜場に搬入する際に牛や馬などが時々逃亡して、北品川の街を騒がせました。パチンコ屋に牛が乱入した事件も実際にあったことで、そのパチンコ屋は同級生の店でした。当時の住宅地図によると古滝パチンコで、その後パチンコ白龍となっています。

　また、作中逃亡してきた馬ですが、と畜場からでなく、大井競馬場から逃げ出した可能性もあります。

　ちなみに逃亡と言えば、北野武が初監督した「その男、狂暴につき」（１９８９）という映画で、潜伏先のアパートから逃げた容疑者をビートたけしが車で追いかけまわすシーンがありますが、北品川の街中を縦横無尽に走り回っているので、１９８９年当時の街並みを見ることができます。

第九章「最後のクリスマス」

「今度の土曜日にうちでクリスマス会をやるけれど、来ない？」

突然、同級生のイマイくんに言われて、ボクはとまどった。なにしろ、〈クリスマス会〉というものに行ったことはもちろん、そんなものがあるなんて知らなかったんだ。それに、イマイくんとはあまり遊んだことがなかったから、友達として家に呼ばれることに、ちょっと驚いた。

でも、せっかく呼んでくれたので、行くことにした。イマイくんはクラスでもおとなしい方で、それほど目立ってはいなかったけれど、勉強はよくできたし、やさしい顔立ちなので、クラスでも結構人気があった。だから、ボクは彼のことを〈くん〉づけで呼んでいたんだ。

イマイくんの家は、台場交番よりも北の旧街道沿いで〈今井〉という旅館をやっているんだ。そのあたりは昔、〈歩行新宿《かちしんしゅく》〉と呼ばれていた地域で、商店があまりないせいか、昼でも人通りが少ない。それが、夜ともなると、通りのあちこちに化粧の濃い女の人がたむろして、なんだか気味が悪かった。でも、ちょっと面白い建物があったりするので、ボクは意外と好きな所だ。

まず〈今井〉の近くには旅館〈吉田〉がある。ここの二階の窓には色ガラスがはめ込まれていて、屋根がまるで虫カゴみたいに見えるところから、〈キリギリス〉と呼ばれていた。

そして、〈今井〉の右隣には、〈さがみホテル〉があるけれど、ここは昔は有名な旅籠〈土蔵相模〉だった。なんで〈土蔵相模〉と呼ばれていたかというと、外壁が土蔵のような海鼠（なまこ）壁だからだったからだそうだ。

この〈土蔵相模〉に幕末の頃、高杉晋作や後の伊藤博文、井上馨などの長州藩士たちが集まって、御殿山に建設中の英外国公使館を焼き討ちしに行った話が「幕末太陽伝」という映画にもなっている。もちろん、ホリさんに教えてもらったことだけどね。

ところで、いったいだれが〈クリスマス会〉に呼ばれたのだろうか？　気になって、それとなくクラスのみんなにきいてみたら、どうやらクラスで二十人くらいの男子が呼ばれているらしい。その中には、ホリさんやクラさんもいた。でも不思議なことに、女子はワラシひとりだけだったんだ。なぜなんだろう？

ワラシと言えば、昨日の夕方、玉晶堂に古い目覚まし時計を持ってやって来た。なんでも、時計が動かなくなったので直して欲しいのだそうだ。その時計は、四角い箱の真ん中に丸い文字板があって、箱の上には鐘のような形の大きなベルがついている。

ボクが使っている目覚まし時計より何倍も大きな置時計だった。それに、箱の周りには複雑な模様の装飾が彫られていて、かなり凝った作りなんだ。

それを見たシゲオさんも、かなり珍しい時計だと驚いていたけど、なんとか修理できるだろうと、土曜日まで預かることにしたんだ。

でも、預かったのは良いけれど、中を調べてみて、歯車がいくつか壊れていることがわかった。それに、国産だと思っていたら外国製で、国産の歯車では合うものが無かったんだ。そこで仕方なしに、シゲオさんが改めて歯車を作り直すことになったけれど、土曜日までに直るんだろうか？　ワラシが待っているのに、間に合うかどうか、ボクは不安で仕方がなかった。

そんなボクの心配をよそに、ワラシはなんだか最近浮き浮きしているみたいだ。もちろん、土曜日に預けた時計が直ってくることもあるけれど、それ以上に、クリスマス会に呼ばれたことがよほど嬉しかったらしい。

ともかく、不安な毎日が過ぎてゆき、とうとう土曜日が来てしまった。

土曜の朝は学校で終業式があった。明日から冬休みなのでクラスのみんなは浮かれていたけれど、ボクは朝から憂鬱だった。だって、肝心の時計がまだ直っていないんだ。

シゲオさんに聞くと、大丈夫だから安心して待つようにと言うし、お父さんも「父さんに任せておけ」と、奇妙な笑顔を浮かべるだけなんだ。

メガネ
エノケン

でも、作業台の上の時計はバラバラに分解されたままで、どうにも完成にはほど遠いように見える。

思わずボクが文句を言おうとしたら、横からお母さんが口を挟んだ。

「イサオ、今日はイマイくんの家でクリスマス会があるんでしょ？」

それを聞いて、ボクはハッとした。そうだった。クリスマス会は午後3時からあるんだっけ。

時計を見ると、もう2時を回っているじゃないか。それで、ワラシの時計のことも心配だけど、仕方なしにボクはクリスマス会にでかけることにしたんだ。

でも、会にはワラシもやって来るし、時計のことを聞かれたらなんて答えたらいいんだろう？　そんな不安をもったままなので、ボクの足どりは重かった。

そしたら、背後からペタン♪ペタン♪と、聞き覚えのある足音が近づいてきた。後ろを振り向くと、ワラシだった。

「ねえ、イマイくんの家は、このままずっと行けばいいのよね？」

ワラシが尋ねてきた。そうか、ワラシはイマイくんの家を知らなかったんだ。

「そうだよ。ボクについてくれば大丈夫だよ」

時計のことを聞かれなくてホッとしたのか、思わず口がすべってしまった。おかげで、イマイくんの家まで、ワラシと一緒に行くことになった。でも、時計のことをいつ聞かれるのかと、内心ハラハラしていたんだ。

ボクの家から旧街道を北にまっすぐ進んでいくと、まず右に陣屋横町があり、その先の左に北馬場通りがあって、それを過ぎてすぐ右には聖蹟公園がある。

この聖蹟公園は明治天皇が江戸に移った時、江戸に入る前に一泊した本陣のあった場所で、それを記念して作られた公園なのだそうだ。

それほど広くはないけれど、園内には広場とそれを取り囲むように木が生い茂り、広場に続く小道の左側には公会堂も建っていた。

この公会堂では歌の教室が開かれていて、ボクも参加したことがあるけれど、時々合唱団の発表会も公開しているんだ。今日はクリスマス・イブだし、何かやっているんじゃないかと公園の入り口をチラリと覗《のぞ》いたら、クリスマス合唱会のポスターが貼ってあった。

ワラシも気がついて、「ちょっと聞きたいね」なんて言ってたけど、ボクは知らないそぶりで、そのまま通り過ぎた。

しばらく歩いて台場交番を過ぎると、その先からは急に商店もまばらになって、昼間でも人通りが少なくて閑散としている。

ワラシが周りをキョロキョロ見ながら、不思議そうに聞いた。

「イマイくんの家って、この辺なの？」

「そうだよ。ほら、あの家がそうさ」ボクが指さした。

イマイくんの家は、〈さがみホテル〉の先にある、外壁がタイル貼りで、銭湯みたいな感じの建物だ。

でも、玄関からガラス越しに覗《のぞ》くと、中は真っ暗だった。

「あれっ、休みなのかな？」

ボクが怪訝《けげん》な顔で覗《のぞ》いていると、いきなり玄関の戸が開いた。

「いらっしゃいませ」

いきなり怪しいお婆さんが戸口に現れたので、ボクは思わずのけぞった。

「あ、あの…」

ボクが声を震わせていると、後ろからワラシが顔を出して、元気な声で言った。

「イマイくんのクリスマス会に呼ばれてきました」

「お嬢ちゃん、あんたも来たのかい？」

お婆さんが驚いたような顔をしてきいた。

「はい、わたしも呼ばれたんです」

ワラシがそう答えると、お婆さんが深々とお辞儀した。

「そうかい、そうかい。ありがたいことです」

「この人、なに言ってるんだろうね？」

ワラシが戸惑った様子で、ボクの方を振り返った。

「さあ、感謝しているみたいだけど…」

ボクもちょっと変だとは思ったけれど、お婆さんが中で手招きしているので、さっさと玄関をくぐった。

「君もおいでよ」

ボクに誘われて、ワラシも続いた。中にはいると、天井にある照明がひとつ点いているだけで、あたりは薄暗かった。

よく見ると、正面に段差があって、段差を上がると板張りの廊下が奥まで続いていた。廊下の右側には障子戸がならんでいて、正面左には階段があった。まるで、ワラシの住んでいる朝日楼《ろう》みたいな構造だ。

ワラシもそう思ったのだろう。思わず、ワラシが土足で段差を上がろうとしたので、お婆さんが慌てて注意した。

「こら、土足で上がる人がいるか！」

ワラシもハッと気がついて、足を止めた。

「あっ、すまねぁー！」と思わずお国訛《なま》りが出て、ワラシは恥ずかしそうに俯いた。

すると、お婆さんが言ったんだ。

「そったなこど、はずかしがらねぁーでいいよ。私も訛《なま》ってらがらね」

お婆さんの意外な出身がわかって、ホッとしたのだろう。ワラシがまた笑顔に戻ったので、ボクもホッとした。

「じゃあ、こっちへおいで」

お婆さんに促されて、ボクらはあとについて行った。一階の暗い廊下を奥まで行って、そこだけ明るい障子戸の前に案内された。

「お友達がいらっしゃいましたよ」そう言って、お婆さんが障子戸を開いた。

中を覗《のぞ》いて驚いた。広い畳の部屋の中央に縦長のテーブルが一列に並べられていて、その奥にあるテレビを背に、イマイくんとクラさんとホリさんの三人だけが座っていたんだ。テーブルの周りには二十枚近くの座布団が置かれていたけど、誰も座る者がいなくてガランとしていた。

「あれっ、ほかの友達は？」

ボクが聞くと、気まずそうなイマイくんに代わって、ホリさんが口を開いた。

「なんだか急に来られなくなったそうだよ」

「へえ、そうなの…？」

ボクが怪訝《けげん》な顔つきをすると、すぐさまクラさんが付け加えた。

「ほら、今日はクリスマス・イブだから、みんな色々と忙しいんだよ」

それでも納得できずに、ボクが「でも、変じゃ…」と言いかけると、慌ててイマイくんが口を挟んだ。

「まあ、そういうことだから、ボクらだけでクリスマス会をやるね」

そんなわけで、ボクら六人でクリスマス会を始めることになったんだ。

ボクらが座ると、すぐに後ろの障子戸が開いて、女の人が料理を運んできた。でも、二十人来るところに五人しか集まらなかったら、料理が余ってしまうんじゃないの？

…と心配したけれど、ちゃんと人数分だけお皿が運ばれてきたので、取り越し苦労だった。だけど、気のせいか一人分の料理の量が多かったので、全部食べたらお腹がいっぱいになってしまった。

食事が終わると、イマイくんがトランプ遊びをしたいと言い出したので、みんなでババ抜きをして遊んだ。でも、ババ抜きが苦手のボクは、どうしても最後までババをつかまされてしまうんだ。それで二回やって、二回ともボクの負けになってしまった。

それが終わると、今度はワラシがテレビを観たいと言い出した。まだテレビのある家は少なかったし、ワラシの観たい気持ちもよくわかる。それに、ちょうど夕方から「キングコング」の映画を放送していたので、ボクらは喜んでテレビを観ることにしたんだ。

ワラシなんかはテレビにかじりついて、食い入るように画面を見つめていたけど、時々「わあ！」とか「きゃーっ！」とか悲鳴を上げて、ボクらを驚かせた。おかげで、テレビ放送が終わった時は、全員ぐったり疲れ切ってしまった。

それから、イマイくんの合図でケーキが運ばれてきた。それも、丸いホールケーキだ。

ボクもケーキは食べたことはあるけれど、こんなに大きなケーキは見たことがなかった。どうやって食べたらいいのか、ボクらが戸惑っていると、お婆さんが包丁を持って現れて、みんなの分をひとつひとつ切り分けてくれた。

食べてみて、驚いた。今までこんなに美味しいケーキは食べたことがない。さすが、旅館をやっているだけあって、イマイくんの家は違うなあと思った。

とにかくケーキの上に乗っているクリームからして、違っているんだ。今日来なかった子たちは、これが食べられなくて残念だったねと、自慢したくなるくらいだった。

そして、時計が七時を回ったところで、クリスマス会は終わりを迎え、最後にイマイくんから挨拶があった。

「みんな、今日はどうもありがとう」

深々と頭を下げて、イマイくんがつぎに奇妙なことを言ったんだ。

「みんなも知っているとおり、来年は1961年だね。この1961という数字は逆さにしても同じ1961になるんだ。だから、来年以降も変わらず、ずっと友達でいようね」

最初、冗談を言っているのかと思った。でも、イマイくんの真剣な眼差しから、本人はいたって真面目だとわかる。なんて応えようか、戸惑っていると、真っ先にホリさんが口を開いた。

「そんなの、決まってるじゃないか」

一瞬で場が和み、笑いが起こった。こんな時、やっぱりホリさんは頼りになる。

それから、イマイくんが玄関までみんなを送ってくれて、ひとりひとりにお辞儀をして、お別れを言った。だけど、あんまり丁寧なのが気になった。

それで帰り道、ボクはホリさんに尋ねたんだ。

「なんか、イマイくんの様子が変じゃない？」

「そうよ。まるで、もう会えないみたいじゃない？」ワラシも首を傾げた。

すると、ホリさんがおもむろに口を開いた。

「イマイくんはもうすぐ転校するんだ」

「えっ？」ボクとワラシが同時に声を上げた。「それって、どういうことなの？」

「聞いた話では、来年あそこを閉めて、どこかに引っ越すらしいよ」

そんなこと一言も、イマイくんは言わなかったけれど、ホリさんの言うとおりだとすれば、すべて合点がいく。

「そういえば、旅館なのにお客が全然いなかったね」

ボクがそう言うと、ホリさんが急に怪訝《けげん》な顔つきになった。

「あそこはもともと旅館じゃないよ。貸座敷なんだよ」

「えっ、そうなの？」ボクは目を丸くした。

「そうさ。だから誘った友達が来なかったんだよ」クラさんが付け加えた。「それに、こ

ポーツ

の辺りは貸座敷だらけだろ。だから親が心配して、来させなかったんだろうね」

ボクは頭が混乱してしまった。イマイくんの家が貸座敷だったことはわかったけれど、〈吉田〉も〈さがみホテル〉もみんな貸座敷だったなんて、全然知らなかった。

それにしても、なんでイマイくんの家に行っちゃダメなんだろうか？　貸座敷って、女の人がたくさんいて、お客をもてなす場所だと思っていたけれど、それって、やっぱり子供が行っちゃいけない場所なんだろうか？

ボクがあれこれ考えを巡らせていると、どこからか女の人たちの歌声が聞こえてきた。気がつくと、聖跡公園の公会堂の前だった。歌声は、公会堂からもれていた。

そう言えば、今日は公会堂でクリスマス合唱会があったんだっけ。クリスマスを祝う聖歌だろうか？　何の歌かは知らないけれど、まるで貸座敷の女の人たちを歌っているように聞こえて、なんだかいたたまれない気持ちになった。

そして、ボクは思ったんだ。もうイマイくんの家でクリスマスを祝うことはない。だから今日は、イマイくんとボクらで祝う最後のクリスマスだったんだってね。

聖跡公園を過ぎると、クラさんとホリさんがボクらに別れを告げて、陣屋横町に去っていった。

すると、品川劇場の前にさしかかった時、ふいにワラシが言ったんだ。

「帰りに玉晶堂に寄って、時計を受け取るわね」

しまった。ワラシの時計のことをすっかり忘れていた。時計は無事に直ったのだろうか？　店に行ってみると、ボクが心配したとおり、時計は直っていなかった。

ワラシも期待していたんだろう。かなり残念そうな顔をしている。あれほど任せておけと言っておきながら、やっぱりダメだったなんて無責任だなあと、ボクがにらむと、お父さんがワラシに頭を下げた。

「修理が間に合わなくてごめんね」

そして、きれいに包装した箱をワラシに差し出して言ったんだ。

「でも、目覚まし時計がないと困るだろうから、修理が終わるまで、これを使ってくれないかい？」

「えっ、これは？」

「私からのプレゼントだよ」お父さんがニコニコしながら言った。「イサオの友達を失望させるわけにはいかないからね」

「で、でも…」

ワラシがまだ戸惑っている様子なので、すかさずボクが言った。

「今日はクリスマスだし、サンタからのプレゼントだと思って、もらっておきなよ」

「そ、そうね…」ようやくワラシがうなずいた。

早速包装を開けてみると、真新しい目覚まし時計が出てきた。文字盤にネズミの絵が描いてある、女の子に人気の時計だ。

「うわっ、ありがとう」ワラシの顔がパッと明るくなった。

「ほんとに良いの？」ワラシが念を押した。

「もちろんだよ」お父さんが胸を張った。「玉晶堂の名にかけて本当だよ」

そうか、そういうことだったのか。ワラシの笑顔を見て、ボクはすっかりお父さんを見直した。

それからボクは、ワラシを店先まで見送った。ワラシは、よほど気に入ったのだろうか、ネズミの絵の目覚まし時計を大事そうに抱えながら、ボクにお辞儀した。そして、思い出したように言ったんだ。

「そう言えば、イマイくんのことだけど、ホントはクラスの女子たちも誘ったのよ。でも貸座敷には行きたくないって、みんなに断られたらしいわ」

「でも、きみは断らなかったんだね」

「だって、わたしは貸座敷に住んでいるんだもの」

そう言って笑うと、ワラシは朝日楼《ろう》に走り去った。

〈お台場少年解説9〉

㉒ 聖蹟公園って、どんな公園？

品川宿は江戸から最初の宿場町で、参勤交代の大名や勅使たちが休息または宿泊しましたが、その宿を本陣と呼んでいました。江戸時代前期には「南品川宿」に本陣がありましたが、江戸後期になると「北品川宿」に本陣が移っています。

明治元年に明治天皇が江戸に行幸された際、慶応2年の大火で本陣が焼けていたため、宿役人たちは宿泊所の選定に悩みましたが、結局本陣だった鳥山氏の敷地に仮の本陣を再建し行在所とすることで落着しました。

昭和になり、日本初の盲目の衆議院議員高木正年氏がこの行在所を聖地として保存しようと働きかけ、調査したところ、この場所には品川宿の貸座敷で働く女性たちの性病を検査する警視庁品川病院が建っていることがわかりました。

そこで、病院を移転して、土地を鳥山氏からもらい受け、ようやく昭和13年11月に「聖蹟公園」として開園しました。

㉓ 「幕末太陽伝」って、どんな映画？

「幕末太陽伝」は日活製作再開三周年記念として1957年に公開された、川島雄三監督の異色喜劇映画で、主役のフランキー堺ほか、「太陽の季節」で一世を風靡した石原裕次郎も高杉晋作役で出演しています。

落語の「居残り佐平次」からとったと思われる主人公が、口八丁手八丁で品川宿の土蔵相模に居候を決め込み、そこに屯する幕末の太陽族たち、高杉晋作や志道聞多（のちの井上馨）や伊藤春輔（のちの伊藤博文）らの御殿山英国公使館の焼打ち事件とも絡んで、「品川心中」「お見立て」「三枚起請」など花街や花魁のエピソードも同時進行する中、図太く生き抜いていく姿を描いています。全161シーンの内8割以上が土蔵相模を舞台としています。見通しの間での宴会シーンも描かれています。本文中では、土蔵相模の名前の由来を、当時の記憶により「外壁が土蔵のような海鼠壁だから」としています。ところが、『東海道品川宿思い出の記』には、初代相模屋の岩下せん氏の説明と共に「土蔵相模と異名を取りしは宇津屋火事の前、海辺見通し座敷は総て土蔵造りにて、当時粋客を驚嘆せしめし座敷なり」と書かれていて、『品川遊郭史考』にも同様なことが書かれています。あまりにも「土蔵相模」と言う名前が有名となっていたため、2代目もしくは3代目の相模屋を引き継いだ店主が名前を残すために再建時に外壁の一部をなまこ壁にしたと言うのが真相かもしれません。

冒頭に現代（1957年当時）の北品川の風景が映し出されますが、まず八ツ山橋から歩行新宿。次に品川橋から北品川商店街を臨み、再び歩行新宿に戻って、〈さがみホテル〉が紹介されますが、その隣に〈今井〉の表札もちゃんと映っています。

ちなみに、この映画には幻のラストシーンがあり、主役の佐平次が墓場から去っていくと、スタジオのセットになり、スタジオの扉を開けると、冒頭に映し出された現代（1957年当時）の北品川の街並みが広がり、なぜか現代の服装をした登場人物たちが点在する中を、ひとりちょんまげ姿の佐平次が走り抜けて行くというものでした。

残念ながら、あまりにも斬新過ぎるという理由から、スタッフ、キャストたちから反対されて、このラストシーンは没になってしまいましたが、もし採用されていれば、「お台場少年」の舞台となっている、当時の北品川の街並みをさらに詳しく見ることができたかもしれません。

第十章「黒い川」

品川区には立会川と目黒川のふたつの川が流れている。立会川のことは知らないけれど、ボクの家のそばを流れる目黒川ときたら、真っ黒で、とっても汚れている。

ボクなんか小さい頃は、見た目にも黒い川だから目黒川と呼ぶんだろう、と思っていたくらいだし、それに川が黒いのだって養殖海苔のせいじゃないかと疑っていた。

なにしろ、品川の海では海苔の養殖が盛んで、〈浅草海苔〉と呼ばれるもののほとんどが、品川か大森で採れた養殖海苔を加工したものだったんだ。

毎年12月になると、裏の猟師町では町の至る所で海苔の日干しが始まる。細かく刻んだ海苔を水と混ぜて、〈ノリス〉と呼ばれる簀《す》の子《こ》に貼り付け、それを一枚一枚干し枠に並べて日干しするんだ。

それがこの時期になると、日の当たる所ならどこでも、大正橋の手すりにも、干し枠を立てかけて干していた。

猟師町は目黒川の河口に広がる砂州の上にある。だから、本当は洲崎町というんだ。

お祭り

品川の海岸は目黒川が運んできた砂が堆積して遠浅になっていて、それで海苔の養殖が盛んなのだけど、「品川」の地名も「砂川」から来ているらしい。

昔は、その広大な砂洲に遮られて、目黒川はちょうどボクの家の裏手で北へ大きく蛇行して、品川浦の河口に向かって流れていた。おかげで大雨の時などは、よく川が氾濫したそうだ。そこで、大正時代から昭和の初期にかけて川底を深く掘り進み、まっすぐ海に注ぐように目黒川を改造したんだ。

そのため、ボクの家の裏を流れていた旧目黒川は、まるで潟のように取り残されて、あまり水が流れなくなってしまった。だから、引き潮の時は川が干上がって、底が現れるようになったんだ。

年が明けて学校が始まると、四号地に起きた異変のことが話題になった。なんと、品川火力発電所にもう1本煙突が増えたんだ。すぐに悪魔博士の世界征服の野望はまだ続いているという噂が子供たちの間に流れた。

やっぱりこれも、ケン坊が流したんだろう。だけど、毎度のことであきられたのか、今回はそれほど広まらなかった。

異変といえば、最近ワラシの様子がおかしいんだ。ボクは相変わらず、学校でワラシに声をかけることは、あまりなかったけれど、どういうワケか、ボクの行く先々にワラシが姿を現すようになった。気のせいかもしれないけれど、なんだか気味が悪かった。

それで、弟にワラシのことを聞いてみたけれど、弟も最近はワラシと遊んでいないので、わからないそうだった。

そして、それはおとといのことだった。その日は金曜日で、夕方からボクはホリさんと、クラさんの家の近くで遊んでいたんだ。クラさんは旧目黒川沿いの、大正橋と品川浦の間にある、小さな運送屋の二階に住んでいた。クラさんの家が運送屋なのかは知らないけれど、ボクとホリさんは、よくそこの駐車場で遊んでいた。

特に、引き潮になると旧目黒川が干上がるので、そんな時は運送屋の駐車場から川底に下りて、10メートル程離れた向こう岸まで歩いて渡る、〈川底探検〉遊びをよくした。もちろん川底はヘドロだらけだったけれど、所々にある泥濘《ぬかるみ》さえ避ければ、意外と簡単に渡ることができた。

もちろんボクらは泥濘《ぬかるみ》の場所を覚えていたけれど、その日の天候によって場所が変わることもあった。だから、それを見極めて渡れた時は、結構達成感があったんだ。

その日も、〈川底探検〉遊びをしていると、駐車場にワラシがやって来た。朝日楼《ろう》のスポーツ店で買ったのだろうか、真新しい赤い上下の体操着を着ている。そして、なにを思ったのかボクらの方に手を振ると、突然川底に降りてきた。

「危ないよ、ワラシ!」

ボクが注意したけど、ワラシはそのまま川底を歩き始めた。それで、仕方なく教えたんだ。

「ボクらの足跡をたどってくれれば大丈夫だよ」

するとワラシは言われた通りに足跡をたどって来たけれど、何を急いでいるんだろうか、途中からヒョイヒョイと飛び跳ね始めたんだ。

でも、川底は干上がっているとはいえ、ヘドロが残っていて、とても滑りやすいんだ。

「ダメだよ、そんなに急いじゃ！」

ボクが叫んだけど、遅かった。ワラシが足を滑らせて転んだ。しかも運悪く、泥濘《ぬかるみ》に尻餅をついてしまったんだ。よろけながら、ワラシは泥濘《ぬかるみ》から出てきたけれど、両手はもちろん、運動靴も、赤い上下の体操着も、ヘドロで真っ黒に汚れてしまった。それに、ものすごく臭い。まるで海苔の佃煮が腐ったような、ひどい臭いだ。

ボクらは慌てて、ワラシの腕をつかむと、鼻がひん曲がりそうな臭いを我慢しながら、なんとかワラシを駐車場まで引っ張り上げた。それから、駐車場にあった水道の蛇口から、ホースでワラシの体や衣服についたヘドロを洗い流したんだ。

でも2月の寒い最中だから、日が照っているとはいえ、水を浴びたら冷たいに決まっている。それでもワラシはなにも言わずに、歯をガチガチさせながら、必死に我慢していた。

それを見て、クラさんが家でお湯を沸かして持ってきた。バケツに入ったお湯をワラシにかけると、全身から湯気が立ちのぼり、あたり一面真っ白になった。

もちろん全部じゃないけれど、おかげで、結構ヘドロが落ちた。まだ臭いは残っていた

けど、ずいぶんマシになった。

それから、クラさんが家にあった手ぬぐいをワラシに渡して、自分で拭かせると、ベンチに座らせて、駐車場でしばらく乾かさせた。

ワラシを見ると、がっくり肩を落としてうつむいている。

「ワラシ、だいじょうぶ？」

ボクが顔をのぞき込むと、ワラシは顔をクシャクシャにして泣いていた。

でも、ボクの顔を見るなり泣きやんで、一瞬何か言いたげな顔をしたと思ったら、すぐにプイと横を向いて、いきなり逃げるように駆けだした。そして、振り返りもしないでそのまま走り去ってしまったんだ。

あとに残されたボクらは、あっけにとられて、ただ顔を見合わすばかりだった。きっと恥ずかしくて、いたたまれなかったんだろうけど、ひとりで去って行くワラシの後ろ姿がさびしそうで、なんだか切なかった。

クラさんの家からの帰り道、ボクはワラシのことが心配だった。やっぱり、水で洗ったままにしちゃ、まずかったかも？　風邪でもひかなければ良いけれど…。

そんなことを考えながら家に帰ってみて、驚いた。

なんと、勝手口の前の路地で、新しい服に着替えたワラシがボクを待っていたんだ。

「あれっ、どうしたんだい？」

堂
大売出し
温泉招待
○△商店街

ボクが聞くと、ワラシが俯きながら言い掛けた。

「あのね…」

すると突然、ワラシの背後から声がした。

「おい、そんなところで何を突っ立ってるんだ？」

見ると、ケン坊だった。白い杖を持ったお姉さんがケン坊の右肩を後ろからつかんでいる。

「あれっ、ケンちゃんこそ、お姉さんとどこへ行くんだい？」

ボクが聞き返すと、ケン坊がぶっきらぼうに答えた。

「按摩《あんま》の仕事があるんで、姉ちゃんをお客の家まで送って行くんだよ」

あっ、そうか。お姉さんは按摩《あんま》の仕事をしているのか。ボクがうなずいていると、ワラシが慌てて駆けだした。

「あっ、ワラシ、待って！」

ボクが呼び止めたけど、ワラシはそのまま朝日楼《ろう》に消えていった。

「わっ、あいつ、あのお化け屋敷に住んでるのか？」

ケン坊が驚いたように声を上げると、すかさずお姉さんが注意した。

「ケン坊、そんなこと言うんじゃありませんよ！　それは、子供が近づかないように、大人たちが言いふらしているだけなんだから」

「えっ、そうなの？」

ボクが呆気にとられていると、ケン坊が怒鳴った。

「わかったら、早くそこをどけよ！」

「あっ、ごめん」ボクは小さく頷《うなず》くと道をあけた。

ケン坊はぶつぶつ言いながら、ボクの横を通り過ぎて行ったけど、すれ違いざま、お姉さんがボクに微笑みかけた。

その顔を見て、ボクは思ったんだ。裏にある銀杏の樹の下に出る幽霊の正体はケン坊のお姉さんだったけれど、もしかしたら、荏川橋の畔の家にでるという按摩《あんま》のお化けの正体もお姉さんじゃないかってね。

その夜、ボクは寝ながら、ふとワラシのことを思い返した。クラさんの家でワラシの顔を覗《のぞ》き込んだ時も、家の前でボクが尋ねた時も、ワラシは何か言い掛けていた。ひょっとして、最近ボクの行く先々に姿を現すようになったのや、川底にいたボクを追いかけて来たのだって、ボクに何か伝えようとしていたのかもしれない。だとしたら…いったい、何を伝えたかったんだろうか？

でも、いくら考えても何も思いつきそうもない。それで、ボクは明日学校でワラシに直接聞くことにした。

ところが、次の日の土曜日に、ワラシは学校に来なかったんだ。なぜ学校を休んだのか気になったけれど、先生もなにも言わないし、仕方ないので月曜の朝まで待つことにした。

そう決めたつもりだったけれど、待っている間も、何か言いたげなワラシの顔が浮かんで来て、気になって気になって仕方がない。

その思いは次第に大きくなってきて、土曜の夜はなんとか我慢したけれど、日曜の朝になると、もう、いてもたってもいられなくなって来た。

そこでその日の午後、とうとうボクは朝日楼《ろう》に行くことにしたんだ。

でも、朝日楼《ろう》の玄関口まで来て、足が止まってしまった。前に入ったことがあるとはいえ、相変わらず暗くて不気味な玄関だ。まるでボクを飲み込もうと、大きく口を広げているように見えて、ボクの足は小刻みに震えた。

その時、ふとケン坊のお姉さんが言ったことを思い出した。

「それは、子供が近づかないように、大人たちが言いふらしているだけなんだから…」

そして、ボクはイマイくんのクリスマス会のことを思い出した。そうか、子供を貸座敷に近寄らせないために、大人たちが幽霊の噂を立てたんだ。

途端に、ボクの恐怖心が消え去った。ボクを飲み込むように大きく広げた口も、ただの玄関に変わった。

ボクはフゥッと息を吐くと、玄関をくぐりぬけた。そして、正面右の階段を上ると、曲がりくねった二階の廊下を進んで、ワラシの住む二〇六号室に向かった。

だけど、部屋の前まで来て、なんだか様子がおかしいことに気がついた。部屋の前にあった靴が置いてないんだ。

留守かなとも考えたけれど、思い切って声をかけてみた。

「ワラシちゃん！」と、思わずまた言ってしまった。

以前来た時は、中から変な笑い声がしてビックリしたのだった。でも、返事がない。

「小原和子ちゃん、いる？」

そう、声をかけなおしたけれど、やっぱり中から返事はなかった。

急にボクは不安で胸がいっぱいになった。そして、障子戸に手をかけると、夢中で開けたんだ。

部屋の中を覗《のぞ》くと、畳が敷いてあるだけで、家具も布団もなにも無かった。人の住んでいた気配すら残っていなかった。ボクはなんだか狐に摘まれたような気がして、呆然とその場に立ち尽くしていた。

ふいに、イマイくんのことが頭をよぎった。まさか、ワラシもどこかに引っ越ししちゃったのだろうか？　もしかしたら、故郷の岩手に帰ってしまったのかも知れない。

そうか、ボクに言い掛けて、言えないでいたことは、このことだったんだ。きっと、そうに違いない。何か言いたげなワラシの顔を思い出して、ボクはそう悟った。

次の日学校に行くと、やっぱりワラシは来なかった。それなのに、先生はワラシのことについて、何も言わなかった。もしかして、先生にも何も伝えていないんだろうか？

それにしても、ボクに別れも告げないでいなくなるなんて、よほど急いでいたんだろう。

もしかしたら、お父さんの転勤で引っ越すことが決まっていたけれど、最近になって急に転勤が早まったりしたのかも知れない。

そう言えば、ワラシとは席がとなり同士なのに、今までほとんど話さなかった。もっと気軽に話せるようになっていれば、こんなことにはならなかっただろう。

そうだよ。ワラシとは、もっと沢山、いろんなことを話したかった。

それなのに、ボクときたら、変な噂に想像を膨らませ、怯えてばかりで、全然話そうとしなかったんだ。そう思うと、悔やんでも悔やみきれない。

「キャン！　キャン！　キャン！」

どこかでスピッツの鳴く声が聞こえて来たかと思うと、窓の外からほのかに海苔の香りが漂ってきた。となりの空席越しに外を見ると、町のあちこちで海苔の日干しをしていた。整然と並ぶ黒い海苔の列が目にも鮮やかで、まるでワラシの髪のようだった。

ガラガラガラッ
突然大きな音を立てて、教室の扉が開いた。

「あっ！」ボクは思わず叫んだ。

なんと、ワラシが立っているじゃないか。

「先生、遅刻してごめんなさい」ワラシが頭を下げた。

するると、先生が意外なことを言った。

「あっ、君は昨日、引っ越しで大変だったろうね」

そして、それっきり何も言わないで、授業を続けたんだ。

ボクが呆気にとられていると、ワラシがとなりの席にやって来て、言った。

「部屋が狭くなったので、二〇一号室に移ったのよ」

「えっ？」

朝日楼《ろう》の二〇一号室といったら、ボクの家のちょうど真向かいの部屋だ。二階の窓を開けたら、目の前にあるのが二〇一号室じゃないか。

「田守くんの家とあんまり部屋が近くなったので、言い出せなかったの…」

そう言って、ワラシが顔を赤らめた。

「な、なんだ、そうだったのか」ボクはドギマギしながら言った。「じゃあ…よろしくね」

そして、ボクの胸が新しい時を刻み始めたんだ。

チクタク♪　チクタク♪


（おわり）

〈お台場解説10〉

㉔浅草海苔は品川で作られていたって、ホント？

ホントです。18世紀の初め、品川の猟師町の漁業者が、大量生産が可能な海苔の養殖方法を開発しました。品川で獲れた海苔は浅草の海苔問屋に運ばれ、「江戸名産浅草海苔」として売られて有名になり、それにより品川海苔の養殖方法も全国に広がりました。

このように盛んだった品川海苔の養殖ですが、昭和39年（１９６４）の東京オリンピックを前に（本文中にある〈川底探検〉をした）目黒川本流の河口が埋め立てられると、養殖場も猟師町からそれに向かう水路も失い、結局すべて消えて無くなりました。

ちなみに、醤油で味付けされた細長いせんべいを海苔で巻いたあられを「品川巻き」といいます。また、マグロの巻きずしを「鉄火巻き」と呼ぶのも、品川の鉄火場（博打場）が発祥と言われています。

㉕なぜ、「品川」と呼ぶようになったの？

品川の由来については、色々な説があります。品川を流れる目黒川が河口付近で大きくしなるように流れているから「しなり川」と呼ばれるようになったとか、河口付近がはっきりしないから「下無川」と呼ばれるようになったとか、河口付近は交易が盛んで、多くの品物が運ばれていた川だったからだとか、高輪に対して風光明媚な品の良い土地柄から「品ヵ輪」と呼ばれたとか、鎧の縅《おどし》に使う「品革」を生産していたからとか、鎌倉時代から室町時代にかけてこの地を治めていたのが「品河」氏だったからとか、言われています。

しかし、どの説もいまひとつ信憑性に欠けます。「品ヵ輪」など、とってつけたような説ですし、元暦元年（１１８４）に書かれた田代文書に品川の表記がすでにありますから「品河」氏説も違います。

やはり、区誌「しながわ」（昭和28年5月30日発行）で紹介している「砂川（スナガワ）」が「品川

（シナガワ）」になったとする説が案外正しいように思われます。

㉖昭和35年の物価はどうだったの？

当時の物価はもちろん安かったですが、物によって意外とばらつきがあります。

豆腐 15円 コロッケ 10円 食パン 32円 白米（10kg）870円 ラーメン 45円 とんかつ 180円 カレーライス 110円 うな重 380円 もりそば 40円 コーヒー 80円入浴料 16円 映画館入場料 200円 理髪 160円 公務員初任給 12900円

㉗「玉晶堂」について

主人公イサオの実家は時計店です。現在この場所は「品川宿交流館本宿お休み処」として、品川宿の歴史を伝えるとともに、訪れる人の交流の場となっています。

【参考資料】

区誌「しながわ」東京都品川区教育会小、中学校社会科研究部編 昭和28年5月30日発行
「品川の今と昔」品川区教育委員会指導室 1970年刊行
「品川宿調査報告書（二）」（新旧宿並図）東京都品川区教育委員会 昭和52年3月発行
「セピア色の品川」「明治から平成へ」北品川二丁目町会「セピア色の品川」写真集実行委員会
「京急電鉄」明治・大正・昭和の歴史と沿線 宮田憲誠著 JTBパブリッシング 2015年10月1日発行
「品川区の歴史」品川区文化財研究会・文／東京にふる里をつくる会編 昭和54年3月23日発行

「江戸湾防備と品川御台場」品川区品川歴史館編 岩田書院 ２０１４年３月発行
「東海道品川宿」岩本素白随筆集 来嶋靖生編 ウェッジ文庫 ２００７年１２月２８日発行
「港区・品川区 古地図散歩」坂上正一著 フォト・パブリッシング ２０２０年４月５日発行
「しながわ物語」品川区政５０周年記念誌 品川区企画部広報広聴課 １９９７年９月３０日発行

※現在、「セピア色の品川」〔明治から令和へ〕北品川二丁目町会「セピア色の品川」写真集実行委員会、復刻改訂版が令和２年１０月１日に発行されています。品川神社などで購入可能です。
この写真集には「品川宿の遊廓」「品川の民家」「北馬場」「品川聖蹟公園」「品川神社例大祭」「目黒川本流」「品川区立台場小学校」「品川台場」などのページに『お台場少年』の時代がよくわかる写真が多数掲載されています。

《お世話になった方々》

石井敬一郎（品川区立台場小学校同窓会・会長）
金子正秀（品川第一地区連合町会・会長）
堀江新三（旧東海道品川宿周辺まちづくり協議会・会長）

池上貴之　木村眞基　宮里和則　竹中茂雄　新実正義
水野償　米本直樹

旧東海道品川宿周辺まちづくり協議会
東海道品川宿交流館
kAIDObooks & coffee
（順不同・敬称略）

お台場少年 ~昭和35年、ボクの品川宿探検記~

2023年1月31日　初版発行

著　者　田森庸介
作　画　勝川克志

発行人　河出岩夫
発　行　河出書房
〒140-0011　東京都品川区東大井2-17-14
03（5762）7776
発　売　河出書房新社
〒151-0051　東京都渋谷区千駄ヶ谷2-32-2
03（3404）1201（営業）
協　力　「お台場少年」出版委員会
田中義巳（歴史解説）　長谷山純　大越章光　和田富士子
編集補佐　田中強一　田中智浩
装　丁　髙野顕史
印　刷　シナノ書籍印刷

ISBN978-4-309-92252-2